AF304345

FSC
www.fsc.org
MIX
Papier aus ver-
antwortungsvollen
Quellen
Paper from
responsible sources
FSC® C105338

Heinz-E. Klockhaus

Der Schlüpfer
von Melania

Heinz-E. Klockhaus
Höhenweg 3
D-42499 Hückeswagen
info@klockhaus-textdichter.de

www.klockhaus-textdichter.de

Bibliografische Information der
Deutschen Nationalbibliothek: Die
Deutsche Nationalbibliothek
verzeichnet diese Publikation in der
Deutschen Nationalbibliografie;
detaillierte bibliografische
Daten sind im Internet über
www.dnb.de abrufbar.

© 2025 Heinz-E. Klockhaus

ISBN: 978-3-8192-0997-0

Verlag: BoD · Books on Demand
GmbH, Überseering 33,
22297 Hamburg, bod@bod.de
Druck: Libri Plureos GmbH,
Friedensallee 273,
22763 Hamburg

Es war ein richtig schöner
Frühlingstag. Kirsche saß auf seinem
Lieblingsplatz, der braunen Holzbank
im Garten neben seinem Teich. Den
Teich hatte Kirsche selbst angelegt.
Fische gab es dort nicht. Aber
Kirsche war sehr stolz auf seinen
kleinen Teich und bezeichnete ihn
als sein Biotop; denn in jedem Jahr
kamen die Molche und bekamen dort
ihre Jungen. Schon als Kind hatte
Kirsche die seltene Gabe, seine
Träume Wahrheit werden zu lassen
und zum Leben erwecken zu
können. Inzwischen war er zu einem
richtig gutaussehenden jungen Mann
herangereift. Sein Freund Peter, das
sprechende Eichhörnchen, war auch
schon da und holte sich die übliche
Tagesration Nüsse ab. Als
Gegenleistung hatte Peter immer ein
paar nützliche Ratschläge für
Kirsche parat. Diesmal hatte Kirsche
sich den Jackpot im Lotto
herbeigeträumt. Ganze zwölf

Millionen Euro hatte er dabei gewonnen. Und das besondere daran war, er konnte davon ausgeben, was er wollte, es blieben immer zwölf Millionen und wurde nie weniger. Nur den ganzen Betrag auf einmal durfte er nicht ausgeben, dann war alles weg und kam nicht wieder. In der Diele stand eine große Eichentruhe mit großen eisernen Beschlägen und einem großen Vorhängeschloss. Die Truhe hatte seiner Urgroßmutter gehört. Sie hatte früher darin ihre Aussteuer aufbewahrt. So war das früher bei heiratswilligen Töchtern üblich. Nun stand die Truhe aber immer leer. Da kamen die zwölf Millionen für den Lottogewinn gerade recht, die Kirsche in der Truhe verstaut hatte. „Was hast Du mit dem Geld denn vor?" fragte Peter. „Ich möchte eine Sammlung anfangen," sagte Kirsche, „ich habe noch nie etwas gesammelt." „Und was willst Du

sammeln?" „Ich weiß es noch nicht.
Vielleicht Bierdeckel." „Du trinkst
doch gar kein Bier," sagte Peter.
„Oder Bilder, oder Briefmarken,"
sagte Kirsche. „Das ist sehr
gewöhnlich," sagte Peter. „Hast Du
denn eine Idee?" fragte Kirsche.
„Hallo Kirsche!" rief in dem Moment
die Nachbarin Anita, die hinter ihrer
Hecke stand. „Hallo Anita!" erwiderte
Kirsche den Gruß. Peter lachte und
sagte: „Sammele doch Schlüpfer!"
„Schlüpfer?" wiederholte Kirsche.
„Das wäre wenigstens einmalig,"
sagte Peter. „Du kannst ja gleich bei
der Anita anfangen." „Das klingt
verrückt," sagte Kirsche, „aber
warum eigentlich nicht? Ich werde
sie gut bezahlen. Briefmarken muss
man ja auch bezahlen. Und Geld
genug habe ich ja auch in der Truhe.
Anita, kommst Du mal eben rüber?"
„Was gibt's denn?" fragte Anita und
kam zu Kirsche in den Garten.
„Verkauf mir Deinen Schlüpfer,"

sagte Kirsche. Anita sah ihn an, als käme er von einem anderen Stern. „Was willst Du?“ „Ich will Deinen Schlüpfer kaufen.“ „Hast Du den Verstand verloren?“ fragte sie. „Das wäre das erste Exemplar in meiner Sammlung, die ich heute anfange,“ sagte Kirsche. „Du spinnst doch!“ „Ich zahle Dir tausend Euro dafür.“ „Tausend Euro?“ wiederholte Anita, „für meinen Schlüpfer?“ „Es ist doch nichts dabei,“ sagte Kirsche, „andere Leute sammeln Bilder, oder Bierdeckel, oder Briefmarken. Zweitausend Euro, Anita, weil es mein erstes Exemplar ist. Du kannst dann immer sagen, das erste Exemplar meiner Sammlung stammt von Dir.“ „Zweitausend“, wiederholte Anita. Kirsche legte zweitausend Euro neben sich auf die Bank. „Bitte!“ sagte er. „Ich gehe und hole einen Schlüpfer von mir,“ sage Anita. Kirsche schüttelte energisch den Kopf. „Nein, nein, nein! Ich will den,

den Du gerade anhast. Ich brauche den Beweis, dass er in meinem Beisein von Dir getragen wurde. Nur so wird es eine gute Sammlung!" Anita setzte sich auf die kleine Gartenmauer. „Ich mach's!" sagte sie, und ihr Schlüpfer wechselte für zweitausend Euro den Besitzer. Damit hatte Kirsche seine ungewöhnliche Sammlung gestartet. Das Postmädchen brachte einen Brief. Peter nickte Kirsche aufmunternd zu und sagte: „Das zweite Exemplar!" „Verkaufst Du mir Deinen Schlüpfer, den Du anhast?" fragte Kirsche. „Bitte???" sagte das Postmädchen. „Ich zahle Dir fünftausend Euro für den Schlüpfer, den Du anhast." Das Postmädchen lachte so laut und schrill, dass sich Peter seine Pinselohren zuhielt. „Fünftausend Euro willst Du mir für meinen Schlüpfer zahlen?" sagte das Postmädchen, „dafür muss ich fast drei Monate arbeiten." Kirsche legte fünftausend Euro auf die Bank. „Es ist für meine Sammlung, die ich heute angefangen habe," sagte er, „das wäre mein zweites Exemplar." „Das ist doch Spaß, oder?" sagte das Postmädchen. „Sind fünftausend Euro Spaß?" fragte Kirsche. „Hier liegen sie neben mir auf der Bank. Gib mir Deinen Schlüpfer und Du kannst das Geld nehmen." „Ohne schlechten Hintergedanken?" fragte das Postmädchen. „Ja, wofür hältst Du mich? Natürlich ohne Hintergedanken!" sagte Kirsche. Das Postmädchen zog seinen Schlüpfer aus, gab ihn Kirsche, nahm zögernd die fünftausend Euro von der Bank und ging. Man hörte sie noch lachen, als sie schon längst das Grundstück verlassen hatte. „Danke, Peter," sagte Kirsche, „ich glaube, das war eine gute Idee von Dir mit der Sammlung."

Das dritte Exemplar gestaltete sich etwas schwieriger. Es war der

Schlüpfer der Sängerin Heidi aus
dem Sauerland. Die singende
Sauerländerin hatte schon damals
Streit mit ihrem Mann, weil ihm ihr
Ausschnitt auf dem Coverfoto ihrer
CD „Der Sauerlandjodler" zu gewagt
vorkam. Und nun sollte er
mitansehen, wie seine Heidi ihren
Schlüpfer auszog und verkaufte.
„Das wirst Du doch nicht tun!" hatte
er gesagt. Künstler sind eine gute
Gage gewohnt, das wusste Kirsche.
Deshalb veranschlagte er auch
gleich zehntausend Euro für den
Schlüpfer. Das war auch für Heidi
viel Geld. „Und es gibt auch keine
Bedingungen dabei?" fragte sie.
„Nein, nein," bestätigte Kirsche, „es
gibt keine Bedingungen.
Zehntausend Euro für den Schlüpfer,
den Du anhast." Ehe ihr Mann noch
etwas sagen konnte, hatte Heidi
ihren Schlüpfer in der Hand. „Das
Geschäft gilt!" sagte sie und schob
sich grinsend die zehntausend Euro

in den Ausschnitt ihres Dirndlkleides.
„Wenn Du lieb bist, darfst Du sie da
heute Abend wieder rausholen,"
sagte sie zu ihrem Mann. Er
quittierte diese Großzügigkeit mit
einem gequälten Lächeln.

„Du stehst in der Zeitung," erzählte
das sprechende Eichhörnchen.
„Warum?" fragte Kirsche, „ich bin
doch gar nicht gestorben!" „Die
Medien haben von Deiner
einzigartigen Sammlung erfahren,"
sagte Peter. „Und was schreiben
sie?" „Es werden bereits Schlüpfer
angeboten," sagte Peter. „Das
möchte ich gar nicht. Ich suche mir
die Unikate für meine Sammlung
lieber selbst aus. Es muss ja nicht
gleich die Blaue Mauritius unter den
Schlüpfern sein, aber von einigen
Promis hätte ich schon gerne eine
Trophäe." „Ja klar," sagte Peter, „für
zwölf Millionen in der Truhe lässt
sich da schon was machen! Was ist
denn da unten mit der Nachbarin?"

„Nee, das ist Familie Neureich. Die machen von morgens bis abends nur Lärm. Da hätte ich Angst, dass auch im Schlüpfer noch ein Motor rattert und es auch nachts im Schlüpfer von denen kracht und donnert. Von Familie Neureich möchte ich lieber keinen Schlüpfer. Es reicht schon, wenn man den ganzen Tag deren Lärm ertragen muss." „Ein Schlüpfer, in dem es kracht und donnert," sagte Peter lachend, „das soll bei Euch Menschen vorkommen!" „Ich habe ihn schon mal gefragt, ob ich ihm nicht ein altes Ölfass besorgen soll. Das macht doch auch schön Krach, wenn er den ganzen Tag da draufhaut. Alte Leute, die nicht mehr so gut hören, fühlen sich sonst unter Umständen gar nicht mehr so richtig belästigt von Herrn Neureich. Und das wäre doch schade! Familie Neureich gibt sich ja immer so viel Mühe, den Nachbarn auf die Nerven zu gehen und die Lust zu verderben, sich auch mal draußen aufzuhalten. Dafür rückt Familie Neureich mit ihrem Lärm immer ganz an die fremden Grundstücke heran, damit es ja keiner überhört. An ihrem Haus wollen sie vielleicht ja auch den Lärm gar nicht den ganzen Tag haben. Ich wundere mich, dass sie direkt hinter meiner Hecke nicht schon Lautsprecher installiert haben, damit ihr Lärm noch unerträglicher wird." „So schlimm?" „Ja, so schlimm!" „Na gut, dann würde ich von denen auch keinem Schlüpfer trauen! Wer weiß, welche Geräusche da herauskommen." „Ich nehme auf keine alten Leute mehr Rücksicht, hat mir der alte Neureich mal gesagt," sagte Kirsche. „Er ist wohl vor seinem unverhofften Reichtum als Arbeiter so viel in den Arsch getreten worden, dass er es jetzt allen heimzahlen will." „Ja ja, Geld verdirbt den Charakter," sagte Peter. „Mir reichen jeden Tag ein paar

Nüsse, und ich bin glücklich und zufrieden." „Und aus meinem Vogelhaus den Meisenknödel hast Du weggeschleppt," sagte Kirsche, „glaub ja nicht, dass ich das nicht weiß." Das Eichhörnchen kratzte sich seine Pinselohren und sagte: „Mundraub, mein Freund. Mundraub nennt man das! Den Meisenknödel habe ich als Winterreserve gebunkert. Sowas kommt bei den vornehmsten Eichhörnchen vor! Wer seiner Putzfrau einen Geldschein hinlegt, um ihre Ehrlichkeit zu testen, der macht sich strafbar, habe ich mal gehört. So ist das wohl auch mit Deinem Meisenknödel." Kirsche lachte. „Also bin ich schuld, wenn Du meine Meisenknödel klaust!?" „Jetzt hast Du die Rechtslage verstanden," sagte Peter.

Kirsche hatte medialen Besuch. „Susanne, verkauf mir den Schlüpfer, den Du anhast." „Du bist ja verrückt!" „Du wärst die erste Tagesschau-

sprecherin, deren Schlüpfer in
meiner Sammlung ist." „Ich bleibe
gerne die Tagesschausprecherin,
von der nichts in Deiner Sammlung
ist," sagte Susanne lachend, „die
ganze Redaktion spricht seit Tagen
über Deine Sammlung. Die Frauen
scheinen sich ja darum zu reißen, Dir
ihren Schlüpfer zu verkaufen." „So
schlimm ist es nicht," sagte Kirsche,
„aber warum machst Du es nicht?"
„Weil ich es für eine verrückte Idee
halte und weil ich nicht käuflich bin."
„Ich will Dich doch nicht kaufen!"
„Nicht für eine Million!" sagte
Susanne. „Und wenn ich Dir die
Million biete?" „Eine Million für einen
Schlüpfer?" „Dann hast Du
ausgesorgt, brauchst nicht mehr
jeden Tag zum Sender zu fahren, um
dem Volk die neuen Nachrichten zu
verkünden. Überleg mal, was Du mit
einer Million alles anfangen
könntest." „Nicht für eine Million!"
wiederholte Susanne. „Ich lege hier

eine Million Euro auf den Tisch,"
sagte Kirsche, „Du kannst es Dir
überlegen. Zehn Minuten warte ich.
Schau Dir das an! So sehen eine
Million Euro aus. Sie können gleich
Dir gehören. Weißt Du, wieviel neue
Schlüpfer Du Dir dafür kaufen
könntest? Und es wäre mein bisher
wertvollstes Stück in der Sammlung."
Susanne nahm ein paar Geldscheine
in die Hand. „Fühlt sich doch gut an,
oder?" sagte Kirsche, „noch acht
Minuten." – „Noch sechs Minuten." –
„Noch vier Minuten." Susanne zog
ihren Schlüpfer aus, legte ihn auf
den Tisch, verstaute die Million und
sagte: „Du bist ja wirklich verrückt!"

„Zuerst wird das Geld gezählt, dann
gibt es Deine Ration Nüsse," sagte
Kirsche. Er öffnete das große
Vorhängeschloss von Urgroßmutters
Truhe und dann den Deckel. Peter
sprang zuerst auf den Truhenrand,
von dort hinein in das Geld. Eine
viertel Stunde später kam er wieder

heraus. „Das ist praktisch, dass es nicht weniger wird," sagte er, „es sind immer noch zwölf Millionen Euro. Und jetzt ist time for nuts, mein Freund!" Kirsche lachte. „Oh, lernst Du jetzt auf der Volkshochschule Englisch? Dann muss ich ja in Zukunft squirrel zu Dir sagen." „Blödsinn!!!" sagte Peter.

„Du bist Kirsche?" fragte der Fremde, der durch das Gartentor gekommen war. „Ja. – Und wer bist Du?" „Ich bin der A & R Manager von Helene. Für unsere Schlagersternchen ist ja inzwischen ein Schlüpfer in Deiner Sammlung wichtiger als eine Goldene Schallplatte." „Und was willst Du von mir?" fragte Kirsche. „Ich bringe Dir einen Schlüpfer von Helene. Wie ich hörte, suchst Du noch nach der Blauen Mauritius unter den Schlüpfern für Deine Sammlung. Dann mach mir mal ein Angebot!" „Ein Angebot? Wozu?" fragte Kirsche. „Ich denke, Du zahlst

einen guten Preis für die Schlüpfer."
„Das denkst Du?" „Ja, das habe ich
auch gelesen." „Aha, gelesen hast
Du es auch," sagte Kirsche, „dann
wünsche ich Dir eine gute
Heimreise." „Ich verstehe Dich nicht.
Du bist doch der Kirsche mit der
Schlüpfersammlung?" „Ja, ich bin
der Kirsche mit der
Schlüpfersammlung. Und wenn Du
von mir gelesen hast, dann wirst Du
auch gelesen haben, dass ich nur
Exemplare in meine Sammlung
nehme, die in meinem Beisein
getragen und ausgezogen worden
sind." „In Deinem Beisein? Getragen
und ausgezogen?" „Genau so,"
sagte Kirsche. „Du glaubst doch
nicht ernsthaft, dass Helene in
Deinem Beisein ihren Schlüpfer
auszieht!" „Dann soll sie es doch
lassen," sagte Kirsche lapidar. Ich
habe Dich nicht herbestellt." „Du
willst also den Schlüpfer von mir
nicht kaufen?" „Glückwunsch! Du

hast es verstanden! Ich will ihn nicht kaufen und ich will ihn auch nicht geschenkt. Und jetzt habe ich zu tun, wenn Du mich bitte jetzt entschuldigst." „Wir sind die größte Vertriebsfirma des Landes. Du hörst noch von mir. So geht man mit mir nicht um. Schließlich bin ich…." „Ja, ich weiß, Du bist der Manager von Helene. Und jetzt tschüss!!! Sonst beißt Dir Peter in die Wade. Und das tut weh!!!" „Drohst Du mir mit dem Hund?" „Viel schlimmer: Mit dem squirrel!" Der A & R Manager ging verärgert und enttäuscht, aber die größte Firma der Branche ließ noch nicht locker.

„Hallo Kirsche! Ich hoffe, Du weißt, wer ich bin." „Hallo Helene! Ja, ich weiß, wer Du bist. Dein Manager war auch schon hier." „Der hat doch keine Ahnung. Jetzt bin ich ja ganz persönlich gekommen." „Ganz persönlich?" fragte Kirsche, „kannst Du denn auch ganz unpersönlich

kommen?" „Du bist ja ein
Spaßvogel," sagte Helene. „So ist
das im Leben," sagte Kirsche, „der
eine ist ein Vogel, der andere hat
einen." „Kommen wir zum Geschäft!"
sagte Helene. „Was bietest Du für
den Schlüpfer, den ich anhabe?"
„Gar nichts!" sagte Kirsche.
„Bitte???" „Ich habe Dich nicht
bestellt. Ich will Deinen Schlüpfer
nicht." Helene rang etwas nach Luft.
„Du willst ihn gar nicht? Weißt Du
eigentlich, wer ich bin? Ich denke,
Du suchst die blaue Mauritius. Ich
bin die Größte!" „Wie groß bist Du
denn? Wer sagt Dir denn, dass ich
die Blaue Mauritius bei Dir suche?"
„Wir können über den Preis reden!"
sagte Helene. „Mir kommt es doch
nicht auf Dein Geld an, wie den
anderen Weibern. Ich habe mit
meinen Shows selbst genug Geld
verdient. Also, mach mir einen Preis,
und ich ziehe den Schlüpfer aus."
„Du kannst Deinen Schlüpfer

ausziehen, wo und für wen Du willst,“
sagte Kirsche, „ich will ihn nicht.“
„Und dafür komme ich extra her!?“
sagte Helene wütend, „meine Zeit ist
Geld. Was glaubst Du, wer Du bist?“
„Mädchen, Du solltest jetzt gehen,“
sagte Kirsche, „Dein Schlüpfer wäre
in meiner Sammlung kein Lichtblick.
Aber ich wünsche Dir weiterhin viel
Erfolg!“ Mit ein paar
Kraftausdrücken, die sich nach
Russisch anhörten, stolzierte Helene
davon. „Ich glaube, sie hat Dich
beleidigt,“ sagte Peter zu Kirsche.
„Ach ja, sie darf das,“ sagte Kirsche,
„sie hält sich für die Größte. Aber da
siehst Du mal, wie sie sich aufführen,
wenn sie ihren Willen nicht kriegen.“
„Das ist ja eigentlich grotesk, dass
sich eine aufregt, weil sie ihren
Schlüpfer nicht ausziehen darf,“
sagte das Eichhörnchen. Und die
ungleichen Freunde lachten darüber.

„Hallo Kirsche,“ sagte das
Postmädchen grinsend, „ich habe

wieder einen Schlüpfer an." Kirsche
lachte. „Ich glaube, Briefmarken-
sammler nennen sowas Doubletten.
Nein danke, Postmädchen, ich habe
ja schon einen von Dir." „Schade!"
sagte das Postmädchen, „an das
Geschäft könnte ich mich
gewöhnen." „Du bist so ein nettes
Mädchen," sagte Kirsche, „komm, ich
gebe Dir noch tausend Euro dazu."
Das Postmädchen strahlte. „Dann
kann ich in Urlaub fahren," sagte sie.
„Mach das," sagte Kirsche und gab
ihr noch tausend Euro. „Du kannst es
sicher brauchen. Und soviel verdient
Ihr wohl auch nicht bei der Post."
„Ich beklage mich nicht," sagte das
Postmädchen. „Ja, ja," sagte
Kirsche, „die bescheidenen
Menschen beklagen sich nicht und
sind mit dem zufrieden, was sie
haben. Und die Reichen und
Geizigen wollen immer mehr und
gönnen den anderen nichts. Aber
glaub mir, Postmädchen, die sind nie

glücklich! Das Gefühl kennen sie gar nicht!" Das Postmädchen lächelte. „Danke, Kirsche, Du bist ein sehr guter Mensch! – Wenn ich auch mal etwas für Dich tun kann." „Dein Lächeln ist für mich so wertvoll," sagte Kirsche. „Menschen, die einen freundlich anlächeln, was willst Du noch mehr für mich tun!?"

„Hallo Andrea. Wie geht es Dir?" „Mir geht es gut!" „Ich zahle Dir zehntausend Euro für den Schlüpfer, den Du anhast." „Ist das nicht ein bisschen wenig?" „Zwanzigtausend!" „Ein bisschen mehr Wertschätzung könnte es schon noch sein." „Fünfzigtausend!" „Und wenn wir das verdoppeln?" „Weil Du mir so sympathisch bist," sagte Kirsche, „hier sind hunderttausend Euro. Das ist aber mein letztes Angebot." „Meine Kolleginnen werden mich beneiden," sagte Andrea. „Welche Kolleginnen?" „Mein Manager sagte, Helene hätte es nicht in Deine

Sammlung geschafft." „Wer ist
Helene?" „Genau!" sagte Peter, das
sprechende Eichhörnchen, „wer ist
Helene?" „Hunderttausend Euro,"
sagte Andrea, „dafür muss ich lange
singen. Moment, im Stehen ist es
schwierig. Nicht, dass ich noch
umfalle dabei. Hier, bitte, das gute
Stück für Deine Sammlung!" „Danke!
Da liegt das Geld, bediene Dich!"
„Tschüss, Kirsche!" „Tschüss,
Andrea. Alles Gute!" „Die ist ja richtig
nett," sagte Peter. „Für hunderttausend Euro kann man auch schon
mal nett sein," sagte Kirsche. „Aber
sie hätte es auch für die Hälfte
getan." „Der Schlüpfer ist ja auch nur
ein kleines Stück Stoff," sagte das
Eichhörnchen. „So kannst Du das
nicht sehen," sagte Kirsche, „eine
Briefmarke ist ein noch viel kleineres
Stück Papier. Es geht um ein
Sammelobjekt, das kann man nicht
nach dem Materialwert bewerten."
„Deine Geldscheine sind auch nur

ein Stück bedrucktes Papier!"
„Genau! Und darum ist es ein fairer
Tausch."

„Guten Tag, Kirsche. Ich bringe das
Kirchenblättchen." „Guten Tag, Frau
Pastor. Du trägst selbst das
Kirchenblättchen aus?" „Warum
nicht. Auch in der Gemeinde ist
Personalnot. Und ich mache es
gerne bei dem schönen Wetter. Da
sieht man mal wieder die
Gemeindemitglieder. Auch die, die
am Sonntag nicht in der Kirche
waren." „Ich würde Dich gerne was
fragen, Frau Pastor." „Ja, frag mich!"
„So ganz trau ich mich nicht. Hast Du
von meiner Sammlung gehört?"
„Nein. Was für eine Sammlung? Du
sammelst etwas? Oder für einen
guten Zweck?" „Nein, nein, das ist
anders. Ich sammele Schlüpfer." „Du
sammelst Schlüpfer? Von so einer
Sammlung habe ich ja noch nie
gehört." „Und ich würde Dich gerne
fragen, ob Du mir den Schlüpfer

verkaufst, den Du anhast." Frau Pastor fing an zu lachen. Sie hörte gar nicht mehr auf zu lachen." „Findest Du das so lustig?" fragte Kirsche. Umso lauter lachte Frau Pastor. „Ich gebe Dir zweitausend Euro für den Schlüpfer," sagte Kirsche. Und sie lachte noch lauter. „Dreitausend!" „Kirsche," sagte Frau Pastor zwischen zwei Lachsalven, „ich habe gar keinen Schlüpfer an!" Und sie lachte und lachte und lachte… „Oh Verzeihung! Oh Verzeihung, Frau Pastor," stammelte Kirsche. „Das ist mir jetzt aber peinlich." „Das muss Dir doch nicht peinlich sein," sagte sie, „ich bin es doch, die keinen Schlüpfer anhat. Er sammelt Schlüpfer! Ist das lustig! Kirsche will meinen Schlüpfer, und ich habe keinen an! Auf Wiedersehen, Kirsche, bis zum nächsten Mal." Und sie lachte und lachte und lachte. „Er sammelt Schlüpfer für dreitausend Euro!!!"

Kirsche schaute immer noch hinter ihr her, als sie längst wieder gegangen war. „Frau Pastor trägt keinen Schlüpfer," sagte er kopfschüttelnd, „das muss einem doch gesagt werden. Och, ist das peinlich. Aber sie hat recht, warum eigentlich für mich? Sie ist es doch, die ohne Schlüpfer rumrennt. Ob sie auch ohne Schlüpfer predigt? Ich muss das jetzt aus dem Kopf kriegen. Peter, wo bist Du? Ich muss diese Bilder aus dem Kopf kriegen!" „Aber Peter war um diese Zeit nicht in der Nähe. „Wenn man seine Freunde mal braucht, sind sie nicht da," sagte Kirsche. „Das muss man sich mal vorstellen, Frau Pastor hat keinen Schlüpfer an!"

Kirsche betrat die Metzgerei und sagte zu der dicken Metzgersfrau: „Hast Du einen Schlüpfer an?" Er war immer noch inspiriert von der schlüpferlosen Frau Pastor. Die dicke Metzgersfrau war auch nicht

auf den Mund gefallen und sagte:
„Ja! Oder dachtest Du, ich habe eine
Speckschwarte davor?" So kann
man auch ein Gespräch mit Damen
beginnen. Aber ob alle feinen Damen
diese Art der Konversation mögen,
ist eine ganz andere Frage. Und es
fällt ja auch nicht jeder die
Speckschwarte ein. Die Frau vom
Zoohändler hätte vermutlich weiße
Maus oder Meerschweinchen
gesagt. Kirsche stellte sich die
Damen mit einem quiekenden
Meerschweinchen als Schamschutz
und Schlüpferersatz vor und hatte
wieder mit seinem Kopfkino zu
kämpfen. Und dann verließ er mit
hundert Gramm Kalbsleberwurst und
einem Schlüpfer die Metzgerei. Es
war bisher der größte Schlüpfer in
seiner Sammlung; denn da musste
die dicke Metzgersfrau ja
reinpassen. Es gibt Größen und
Übergrößen. Sondermarken sind
auch meistens größer als die

normalen Serien der Briefmarken. So gesehen war es also ein Sonderschlüpfer für seine Sammlung. Irgendwie roch er ein bisschen nach geräucherten Wurstwaren, oder bildete Kirsche sich das nur ein?

„Hallo Kirsche. Ich bin Jule, der Regisseur der Sendung." „Jule?" „Ja, eigentlich Julius. Aber alle nennen mich Jule. Und der Kameramann ist Bonzo. Bonzo ist mein Mann" „Dein Mann? Du bist? Ihr seid?" sagte Kirsche. „Ja," sagte der Regisseur, „wir sind schwul. Wir sind alle schwul. Hast Du ein Problem damit? Du brauchst ja meinen Schlüpfer nicht zu kaufen." „Der ganze Sender ist schwul?" fragte Kirsche. „Der Sender nicht," sagte Jule, „aber die Mitarbeiter." Kirsche war ein bisschen überfordert mit der Situation. „Habt Ihr denn keine Frauen beim Sender?" „Die sind lesbisch!" sagte Jule. „Wie gesagt, Du brauchst von uns keinen

Schlüpfer zu kaufen." „Das hatte ich auch nicht vor," sagte Kirsche „Wir drehen hier einen kurzen Bericht über Dich und Deine seltsame Sammlung. Und dann sind wir wieder weg. Ich denke, dass wir das am nächsten Wochenende schon senden werden. Wie bist Du denn auf die seltsame Idee gekommen, Schlüpfer zu sammeln?" „Ich wollte irgendetwas sammeln, - Briefmarken, Bierdeckel oder Münzen. Und dann kam Peter auf die Idee, dass ich Schlüpfer sammeln könnte. Briefmarken, Bierdeckel und so weiter hielt er für zu gewöhnlich. Und er hatte ja eigentlich recht, wie so oft."
„Entschuldigung, wer ist Peter?"
„Peter ist mein Freund, das Eichhörnchen" „Dein Freund? Das Eichhörnchen?" wiederholte Jule.
„Ein Eichhörnchen hat Dir den Vorschlag gemacht, Schlüpfer zu sammeln?" „Ja!" sagte Kirsche. „Und

das Eichhörnchen kann mit Dir sprechen?" „Ja, natürlich! Warum soll es denn nicht mit mir sprechen können? Alle Eichhörnchen können sprechen." „Ach so!" sagte Jule und schüttelte den Kopf. „Hast Du schon mal ein Eichhörnchen nach dem Weg gefragt?" fragte Kirsche. „Nein, in der Tat, das habe ich noch nie gemacht," sagte Jule. „Ja, siehst Du! Warum sollte es mit Dir sprechen, wenn Du es nichts fragst?" „Und dass Du einigen Damen bis zu hunderttausend Euro für ihren Schlüpfer gezahlt hast, das stimmt auch?" „Ja, natürlich!" „Woher hast Du denn so viel Geld?" „Ich habe mir den Jackpot im Lotto geträumt." Jule schüttelte wieder mit dem Kopf. „Den Jackpot hast Du Dir geträumt?" „Ja klar. Zwölf Millionen Euro gab es dafür. Die habe ich in Urgroßmutters Truhe aufbewahrt." „Geträumt hast Du Dir das alles!?" sagte Jule noch einmal ungläubig. „Ja! Und das

schöne ist, sie werden nicht weniger.
Peter hat es gestern noch
nachgezählt. Es sind immer noch
alle zwölf Millionen in der Truhe."
„Hoffentlich glauben die Zuschauer
uns die Geschichte," sagte Jule.
„Warum sollen sie es nicht glauben?"
fragte Kirsche. „Na ja, ein
sprechendes Eichhörnchen, zwölf
Millionen aus einem Lottogewinn,
den man nur geträumt hat und dann
auch noch Geld, das nicht weniger
wird, das ist ja schon eine etwas
ungewöhnliche Geschichte, findest
Du nicht auch?" „Nein, das finde ich
gar nicht ungewöhnlich," sagte
Kirsche. „Man muss sich nur mal
Eure anderen Sendungen
anschauen. Die sind doch viel
ungewöhnlicher. Ganz zu schweigen
von Eurer ständigen
Nestbeschmutzung."
„Nestbeschmutzung?" sagte Juli.
„Was denn für eine
Nestbeschmutzung?" „Eure ständige

Kritik an der Demokratie und an der Regierung. Ist Euch nicht bewusst, dass Ihr Euch zum Steigbügelhalter der rechten Szene macht?" „Wie kannst Du sowas sagen?" fragte Jule. „Wenn Ihr den Menschen im Land jeden Tag erzählt, wie schlecht es ihnen geht und wie schlecht das Land regiert wird, dann ist es doch kein Wunder, dass man Euch irgendwann glaubt. Auch wenn es den meisten Menschen hier im Land gut geht. Sie glauben den Medien doch dann, dass jetzt alles immer schlechter wird. Und was machen sie dann? Sie laufen in die Arme der rechtsradikalen Kräfte, die nur darauf warten und mit leeren Versprechungen die Leute ködern. Und was macht Ihr? Ihr ladet diese Typen auch noch in Eure Sendungen ein, damit sie dort ungestört ihre Parolen verbreiten können."

„Kirsche, wir sollten jetzt mit dieser albernen Diskussion aufhören. Wir

hetzen niemanden auf und
beschmutzen auch keine Nester,
sondern wir erfüllen unsere Aufgabe
als Journalisten." „Und dagegen sind
doch meine Träume viel näher an
der Wahrheit!" sagte Kirsche.
„Bronko, Du kannst jetzt mit dem
Dreh beginnen!" sagte Jule zu
seinem Mann und Kameramann.
„Kirsche, die Erste! Kamera läuft!"

„Komm, Peter, mach es Dir bequem.
Gleich beginnt die Sendung über
mich und meine Sammlung. Ich habe
Dir auch ein Schälchen mit Nüssen
hingestellt." „Danke, Kirsche!" Dann
ging die Fernsehsendung los. „Liebe
Zuschauerinnen und Zuschauer,"
sagte die Dame im Fernsehen, „wir
beginnen heute mit unserer neuen
Serie *Ungewöhnliche Zeitgenossen*.
Und wir haben gleich in unserer
ersten Sendung einen Fall, der kaum
zu glauben ist." „"Ungewöhnliche
Zeitgenossen?" sagte Kirsche.
„Davon war aber vorher keine Rede."

„Die machen, was sie wollen," sagte
das Eichhörnchen, „aber lass es uns
erst mal ansehen, vielleicht ist es ja
ganz gut." „Bin ich denn ein
ungewöhnlicher Zeitgenosse?" fragte
Kirsche. „Das ist eine Frage der
Perspektive," sagte Peter. „Wer ist
gewöhnlich, und wer ist
ungewöhnlich? Ich finde die anderen
Zeitgenossen alle viel
ungewöhnlicher, von denen wir
umzingelt sind." „Ein Mann namens
Kirsche," sagte die Dame im
Fernsehen, „so ungewöhnlich fängt
es schon mal an. Und er erzählte
unserem Redakteur Jule, dass er
eigentlich Briefmarken oder
Bierdeckel sammeln wollte. Dann hat
ihm aber ein Eichhörnchen den
Vorschlag gemacht, Damenschlüpfer
zu sammeln. Sie haben richtig
gehört: Ein Eichhörnchen hat es ihm
vorgeschlagen. Kirsche nennt das
Eichhörnchen seinen Freund Peter.
Die Geschichte wird aber noch viel

abenteuerlicher. Wir zeigen Ihnen
erst mal den ungewöhnlichen
Zeitgenossen. Das hier ist Kirsche!"
„Da siehst Du gut aus," sagte Peter.
„Und Kirsche sammelt
Damenschlüpfer," fuhr die Dame fort.
Aber er sammelt sie nicht nur, er
kauft sie den Damen ab und macht
zur Bedingung, dass sie das gute
Stück in seinem Beisein ausziehen.
Kirsche sammelt also nur Schlüpfer,
die die besagten Damen in seinem
Beisein tragen. Und wer sind die
Damen? Das ist unfassbar!!!
Angefangen hat es mit einer
Nachbarin und inzwischen sind
Prominente aus Musik und Sport
geradezu wild darauf, mit ihrem
Schlüpfer in die Sammlung zu
kommen. Es geht ihnen auch gar
nicht mehr um das Geld, das ihnen
Kirsche dafür anbietet. Die
Schlagersängerin Helene ist richtig
neidisch darauf, dass es ihre
Kollegin im Gegensatz zu ihr

geschafft hat, mit einem Schlüpfer in die Sammlung zu kommen. Und wenn Sie nun fragen, liebe Zuschauerinnen und Zuschauer, woher Kirsche das viele Geld hat, das er den Damen für die Schlüpfer teilweise zahlt, dann wird die Geschichte noch unglaubwürdiger."

„Unglaubwürdiger," wiederholte Kirsche, „das ist ja unverschämt!"

„Das ist sehr unverschämt!" pflichtete ihm Peter bei. „Kirsche hat sich den Jackpot im Lotto geträumt," fuhr die Dame im Fernsehen fort. „Zwölf Millionen Euro hat er sich geträumt, wie er selbst berichtet. Und wissen Sie was? Dagegen ist der berühmte Goldesel aus dem Märchen ja ein Waisenknabe: Diese zwölf Millionen liegen in einer Truhe seiner Urgroßmutter. Und das Geld wird nicht weniger. Er kann ausgeben, soviel er will, es bleiben immer zwölf Millionen Euro in der Truhe. Davon hat sich gerade noch sein Freund,

das Eichhörnchen, überzeugt, der
das Geld in der Truhe nachgezählt
hat." Und dann spielte der Sender
ein wieherndes Gelächter ein. „Dies
war unsere Auftaktsendung
Ungewöhnliche Zeitgenossen." „Was
hältst Du von der Sendung?" fragte
Kirsche. „Soll ich es Dir ehrlich
sagen? Die halten Dich für einen
Spinner! Ich glaube, das ist eine
billige Retourkutsche, weil Du sie
Nestbeschmutzer genannt hast." „Ich
werde die Sprecherin der Sendung
einladen. Mal sehen, bei welchem
Betrag sie bereit ist, ihren Schlüpfer
auszuziehen." „Eine grandiose
Idee!!!" sagte Peter.

„Papa, der Kirsche will mir meinen
Schlüpfer abkaufen." „Lass meine
Tochter in Ruhe," sagte der Papa
von Eva, „sie ist ja noch ein Kind."
„Sie ist doch kein Kind mehr," sagte
Kirsche. Und Eva pflichtete bei: „Ich
bin doch kein Kind mehr!
Zehntausend Euro gibt er mr dafür,"

sagte Eva. „Der ist ja pervers!" sagte der Papa von Eva. „Was bin ich?" sagte Kirsche. „Das verbitte ich mir!" „Ja, wie soll ich das denn sonst nennen, wenn einer einem jungen Mädchen Geld dafür anbietet, wenn sie ihren Schlüpfer auszieht!?" sagte der Papa von Eva. „Es geht doch um seine Sammlung," sagte Eva, „alle Mädchen sprechen darüber."
„Genau! Es geht doch nur um meine Sammlung," sagte Kirsche. „Das ist doch pervers," beharrte der Papa von Eva, „einem jungen Mädchen Geld dafür zu bieten, dass sie ihm ihren Schlüpfer verkauft, den sie anhat." „Papa, zehntausend Euro! Der Schlüpfer hat keine zwanzig gekostet." „Darum geht es doch gar nicht," sagte der Papa von Eva. „Das sind so Leute, die meinen, für Geld können sie sich alles kaufen. Junge Mädchen den Schlüpfer ausziehen lassen, - aber nicht mit meiner Tochter!!!" „Fünfzigtausend!" sagte

Kirsche. „Papa, hast Du das gehört?
Fünfzigtausend Euro.“
„Fünfzigtausend für meine Tochter
und fünfzigtausend für mich,“ sagte
der Papa von Eva.“ „Einverstanden!“
sagte Kirsche, „hunderttausend
Euro.“ „Aber Du drehst Dich um!“
sagte der Papa von Eva. „Na los,
Eva, dann gib ihm Deinen
Schlüpfer.“ „Er bekommt einen
Ehrenplatz in meiner Sammlung,“
sagte Kirsche. Er drehte sich um,
und Eva zog ihren Schlüpfer aus. Ihr
Papa steckte die hunderttausend
Euro ein und sagte: „Perverser Kerl!!!
Und wenn Du mal eine Eintrittskarte
für Wimbledon haben willst, kannst
Du Dich gerne bei mir melden.
Komm, mein Kind, erkälte Dir nicht
die Blase.“

„Hallo! Ich bin Elon. Bist Du
Kirsche?“ „Ja, der bin ich.“ „Du
sammelst Schlüpfer?“ „Ja, das tu
ich!“ „Ich soll mit Dir über die Blaue
Mauritius unter den Schlüpfern

verhandeln." „Die Blaue Mauritius?"
„Ja. Du suchst doch noch die Blaue
Mauritius, oder sind wir da falsch
informiert?" „Ich suche nicht direkt
danach, aber es stimmt, sie fehlt
noch in meiner Sammlung. Obwohl
ich bisher gar nicht weiß, von wem
ich sie bekommen könnte. Es soll ja
dann der Blickfang meiner
Sammlung sein." „Mein lieber
Kirsche! Es gibt nur eine Blaue
Mauritius der Schlüpfer auf der
ganzen Welt. Und darüber will ich mit
Dir verhandeln." „Du wirst es wohl
kaum sein, der diesen einmaligen
Schlüpfer trägt!" sagte Kirsche.
„Nein, natürlich nicht. Aber ich bin
befugt, ihn Dir anzubieten." „Befugt?
Von wem?" „Vom Präsidenten
persönlich," sagte Elon. „Du sollst mit
mir über den Schlüpfer des
Präsidenten verhandeln?" sagte
Kirsche und lachte. „Bestell Deinem
Präsidenten, hier gibt es nchts zu
verhandeln. Ich werde ihm ganz

sicher keinen Schlüpfer abkaufen.
Und die Blaue Mauritius stelle ich mir
ganz anders vor." „Was glaubst Du
denn, wer Du bist?" sagte Elon. „Wer
sagt denn, dass Du uns etwas
abkaufen sollst? Wir haben mehr
Geld, als Du es jemals in Deinen
Träumen gesehen hast." „Du kennst
meine Träume nicht," sagte Kirsche
und lachte wieder. „Welche Summe
willst Du?" fragte Elon. „Jetzt hör mir
mal gut zu, Du kleines Würstchen,"
sagte Kirsche, „wenn ein Schlüpfer in
meine Sammlung kommt, dann habe
ich ihn gekauft und dann wurde er
von einer Dame in meinem Beisein
getragen und ausgezogen. Und jetzt
geh zurück zu Deinem Präsidenten
und sag ihm, er soll es mit seinem
Schlüpfer mal auf dem Trödelmarkt
versuchen. Vielleicht findet er dort
einen Interessenten." Kirsche lachte,
und Elon sagte: „Du hörst noch von
uns!!!" Dann ging er, ohne sich zu
verabschieden.

„Hallo Kirsche. Du weißt, wer ich bin?“ „Ja, Du bist die Hackbrett vom Fernsehen.“ „Ich bin kein Hackbrett, ich heiße Hadnet.“ „Entschuldigung! Die nuscheln bei Euch im Fernsehen immer so. Ich habe immer Hackbrett verstanden. Entweder sie lispeln oder sie nuscheln. Du hast doch in der gleichnamigen Sendung über mich gesagt, ich sei ein seltsamer Zeitgenosse.“ „Aber das sind doch nicht meine Worte.“ „Natürlich waren es Deine Worte!“ „Ja, ich habe es gesprochen. Aber wir lesen doch nur ab, was der Redakteur vorgeschrieben hat.“ „Ihr lest das nur ab?“ fragte Kirsche. „Ja, natürlich! Der Text, den wir sprechen müssen, steht auf dem Teleprompter.“ „Teleprompter?“ „Ja, das Gerät heißt Teleprompter. Da steht der Text, den wir ablesen und sagen müssen. Achte mal auf unsere Augen. Wenn Du genau hinsiehst, dann siehst Du, dass wir immer starr auf die gleiche

Stelle schauen und dort den Text
verfolgen, den wir sprechen müssen.
Wir sind ja nur bezahlte Vorleser und
manchmal gar nicht der Meinung,
was wir da sagen. Besonders
schlimm ist es, wenn es auch noch
schlechtes Deutsch ist, und die
Zuschauer dann glauben, ich könnte
kein richtiges Deutsch sprechen. In
Wirklichkeit lese ich das nur ab."
„Das würde ich nicht mitmachen,"
sagte Kirsche. „Ich habe schon oft
gedacht, warum weigert sich ein
Schauspieler nicht, in manchen
Rollen so ein schauderhaftes
Deutsch zu sprechen?" „Soll er sich
weigern?" sagte Hadnet. „Sollen wir
uns weigern und dafür unseren Job
verlieren? Wir werden ja für unsere
Arbeit gar nicht schlecht bezahlt.
Andere müssen in ihren Berufen
auch das tun, was ihr Chef ihnen
sagt." „Ich könnte das nicht," sagte
Kirsche. „Das wäre für mich so, als
wenn ich meine Seele verkaufe.

Aber vielleicht hast Du recht. Sich seinen Lebensunterhalt vom Staat bezahlen zu lassen, ist keine gute Alternative." „Das wäre für mich auch keine Option. Eher würde ich putzen gehen. Wer gesund ist, kann auch arbeiten. Jedenfalls war es nicht meine Idee, dass Du ein seltsamer Zeitgenosse bist," sagte Hadnet. „Im Gegenteil, ich sehe Dich jetzt als ganz sympathischen und normalen Zeitgenossen." „Vielleicht ändert sich Deine Meinung über mich, wenn ich Dich jetzt frage, ob Du mir den Schlüpfer verkaufst, den Du gerade anhast." Hadnet lachte. „Na ja, ich habe ja die Sendung über Dich gesprochen und weiß von Deiner Sammlung." „Ich gebe Dir fünftausend Euro dafür," sagte Kirsche. „Ich mache es! Natürlich will ich auch in Deiner Sammlung sein." „Schön, dass Du nicht anfängst zu handeln, wie viele andere es tun." „Nur ausziehen tu ich sie selbst!"

sagte Hadnet. Kirsche lachte. „Ja, das würde ich Dir auch nicht abnehmen!" Hadnet gab ihm ihren Schlüpfer und steckte das Geld ein. „Das sind sechstausend," sagte sie. „Ich weiß," sagte Kirsche, „das ist es mir auch wert." „Stimmt es eigentlich, dass Dein Geld nicht weniger wird, wenn Du etwas ausgibst?" „Ja, das stimmt wirklich." „Und ein Eichhörnchen zählt das nach?" „Ja, Peter springt dann in die Truhe und zählt das nach." „Ein etwas seltsamer Zeitgenosse bist Du ja doch!" „Sind wir das nicht alle? Ich habe Dich übrigens auch vorher schon in einer Sendung mit diesem Schmudo gesehen, der immer so aussieht, wie der Fritz aus Hans Huckebein von Wilhelm Busch." „Die Geschichte kenne ich nicht." „Der Fritz will den Raben Hans Huckebein fangen, da gibt es einige lustige Verwirrungen. Dieser Schmudo hat genau so eine Mütze, in der der Fritz

den Raben fängt. Das heißt, Schmudo hat wohl zwei solche Mützen, die er auch in geschlossenen Räumen nie abnimmt. An einer ist vorne ein Bügelbrett für Hemdsärmel und an der anderen ein Tischtennisschläger. Jedenfalls sieht das so aus. Was kriegt man wohl dafür, wenn man so etwas auf den Kopf setzt? Freiwillig wird das doch keiner machen, oder?"
„Kirsche, ich wiederhole mich, Du bist ein seltsamer Zeitgenosse."
„Und ich wiederhole mich auch:
„Sind wir das nicht alle?"

„Ich glaube, meine ärmste Kundin ist die Witwe Krause," sagte die Bäckersfrau. „Sie bleibt immer draußen vor dem Laden stehen, bis kein Kunde mehr im Geschäft ist. Dann kommt sie rein und bekommt eins von den Schiebebroten, die einige meiner Kunden spenden. Das ist schon traurig, wieviel Menschen auch in unserer

Wohlstandsgesellschaft nicht genug Geld für das tägliche Brot haben. Es sind überwiegend alte Menschen, aber ich habe auch ein paar junge Frauen dabei, die sich gerne mal ein Schiebebrot bei mir holen. Da reicht dann oft das Geld nicht bis zum Monatsende. Einmal im Monat kauft sich die Witwe Krause bei mir eine Puddingschnecke. Dann strahlen ihre Augen. Das ist wohl ihr Lieblingsbackwerk. Am liebsten würde ich ihr auch die Puddingschnecke schenken. Aber gerade so arme Leute sind da sehr empfindsam und leicht gekränkt. Deshalb mache ich ihr nur immer einen Sonderpreis dafür. Ich glaube, das hat sie bis heute nicht bemerkt, dass die Puddingschnecken sonst teurer sind als der Preis, den sie dafür bei mir zahlt." „Du weißt von meiner Sammlung?" fragte Kirsche. „Wer weiß das nicht," sagte die Bäckersfrau, „Du bist mit Deiner

Schlüpfersammlung ja so bekannt wie der Papst mit seinem Urbi et Orbi. Willst Du jetzt meinen Schlüpfer kaufen?" „Nein, nein," sagte Kirsche, „ich überlege nur, ob ich es wagen kann, die Witwe Krause darauf anzusprechen. Eine Alterspräsidentin unter den Schlüpfern habe ich ja noch nicht in meiner Sammlung." „Da kann ich Dir auch keinen Rat geben," sagte die Bäckersfrau. „So einfach ist das sicher nicht, eine alte Frau nach ihrem Schlüpfer zu fragen. Obwohl eine finanzielle Hilfe bei ihr ja sicher eine gute Sache wäre. Dann könnte sie sich ja vielleicht jeden Sonntag eine Puddingschnecke leisten." „Ganz sicher!" sagte Kirsche, „ganz sicher!"

„Guten Morgen, Witwe Krause. Es freut mich sehr, dass Du gekommen bist. Da wohnt man jahrelang in der gleichen Stadt und nicht weit auseinander und hat nie ein Wort

miteinander gewechselt." „Es hat
sich nicht ergeben," sagte Witwe
Krause. „Du bist also der Verrückte,
der den jungen Mädchen die Hosen
auszieht." „Aber Witwe Krause!!!",
sagte Kirsche, „ich ziehe doch
keinem die Hosen aus!"
„Büstenhalter zu sammeln, hätte ich
ja noch verstanden. Wir haben sie
früher unserem Idol beim Konzert auf
die Bühne geworfen. Aber getragene
Schlüpfer." „Du warst früher auch
nicht so ganz ohne, oder?" sagte
Kirsche. „Ohne Schlüpfer nie," sagte
Witwe Krause, „aber ohne BH öfter
mal!" und lachte so herzlich, dass
sich ihr Gebiss verschob. „Das mit
der Schlüpfersammlung war die
Idee von einem Eichhörnchen." „Ja,
ich weiß," sagte Witwe Krause,
„Peter hat mir davon erzählt." „Du
kennst Peter?" fragte Kirsche ganz
überrascht. „Ja, natürlich! Er kommt
mich hin und wieder besuchen, wenn
ich aus dem offenen Fenster schaue.

Ein netter kleiner Kerl!" „Ja, das ist er. Komm, ich habe uns einen Kaffee gekocht, wir trinken jetzt erst mal eine Tasse Kaffee zusammen." „Eine Tasse?" sagte Witwe Krause und grinste, „hast Du für uns beide nur eine Tasse?" Kirsche lachte auch. Du scheinst ja eine lustige Oma zu sein." „Oma höre ich nicht so gerne," sagte sie. Kirsche stellte zwei Tassen und zwei Teller auf den Tisch. „Ich hoffe, Du magst Puddingteilchen. Ich habe für jeden von uns ein Puddingteilchen dazu besorgt." Witwe Krause strahlte übers ganze Gesicht. „Puddingteilchen! Hm!!! Puddingteilchen," sagte sie. „Dann scheine ich ja alles richtig gemacht zu haben," sagte Kirsche. „Und wie!" sagte Witwe Krause, „Puddingteilchen sind doch mein Ein und Alles!!!" „Na dann guten Appetit. Lass es Dir schmecken!" „Hm! Puddingteilchen," sagte Witwe

Krause noch einmal und sah richtig glücklich aus. „Ich wollte zuerst gar nicht kommen,“ sagte sie. „Es ist ja schon ein bisschen seltsam, so eine Einladung für eine alte Frau. Und dann bei Deinem Hobby. Aber im Wochenanzeiger stand, dass Du kein Sittenstrolch bist. Und das hat mir das Eichhörnchen auch bestätigt. Und ich habe mir auch überlegt, dass Du ja an keinem Schlüpfer von so einer alten Frau interessiert bist.“ „Das würde ich jetzt so nicht sagen,“ sagte Kirsche. Es wäre die Alterspräsidentin in meiner Sammlung. Und bei alten Herrschaften verbietet es der Respekt, sie nach ihrem Schlüpfer zu fragen. Da ist es also viel schwieriger, als bei den jungen Sternchen. Versteh mich jetzt bitte nicht falsch. Darum habe ich Dich nicht eingeladen, aber…“ „Aber???“

„Ich bin natürlich kein Sittenstrolch! Aber für Deinen Schlüpfer würde ich

Dir ein Jahr lang jede Woche ein frisches Brot, den Belag dazu und ein Puddingteilchen schenken." „Jede Woche?" „Jede Woche!" „Ein Jahr lang?" „Ein Jahr lang!" „Für meinen getragenen Schlüpfer?" „Für den Schlüpfer, den Du gerade anhast!" „Kirsche, wir sind im Geschäft!!! Die Alterspräsidentin wechselt den Besitzer!"

„Hallo Mister Kirsche. I am the Präsident." „Ja, das sehe ich. Du bist das Großmaul, das an einem Tag die Kriege dieser Welt beenden wollte. Und Du bringst die ganze Weltwirtschaft aus den Fugen. Ich verstehe nicht, dass in der heutigen Zeit ein solches Arschloch so eine Macht haben kann. Das habe ich auch schon bei Deinen Freunden Wladimir und Benjamin nicht verstanden, die sich ungestraft als Mörder betätigen." „You are not freundlich zu mir," sagte der Präsident. „Wie man in den Wald

ruft, so schallt es zurück," sagte
Kirsche. „Wer ruft im Wald?" fragte
der Präsident. „Die Vögel. Sie rufen
von allen Bäumen, was Du für ein
Idiot bist." „Mister Kirsche, Du solltest
nett zu mir sein. So spricht man nicht
mit einem Präsidenten. Ich habe
mich extra herbemüht!" „Dann
bemüh Dich wieder weg. Dich
braucht hier keiner." „Oh, stop, stop!
Ich habe eine Mission! Du suchst the
blue Mauritius by the Slips. And I am
der Einzige, der sie Dir geben kann.
Zehn Mauritius habe ich Dir
mitgebracht. Davon darfst Du Dir
eine aussuchen. Natürlich nur, wenn
Du nach meinen Bedingungen ein
Deal machst. Ich werde Dir zeigen
alle zehn." „Lass Deinen Koffer zu!
Du hast für mich keine Mauritius. Ich
sammle auch nur Schlüpfer von
Damen." „Damen! Damen!" sagte der
Präsident. „Was sind für Dich
Damen? Die Blue Mauritius hat keine
Dame. Die hat nur die First Lady.

Und die First Lady ist meine Gattin. Nur sie hat die Blue Mauritius. Zehn zur Auswahl habe ich Dir mitgebracht. Alle von der First Lady, alles Blue Mauritius!" „Fahr nach Hause mit Deinen Blue Mauritius," sagte Kirsche. „Du wirst es nicht wagen, mich wegzuschicken. Ich habe Dir zuerst Elon geschickt. Der Trottel hat nichts erreicht. Aber jetzt bin ich persönlich hier." „Ja, und Du Trottel erreichst auch nichts!" sagte Kirsche. „Ich werde alle Schlüpfer Deiner Damen verzollen!" „Und ich werde die Dummheit verzollen, das ist ganz schlecht für Dich, Mister Präsident. Und jetzt habe ich keine Zeit mehr. Schwing Dich auf Dein Pferd und verschwinde." „Was redest Du von Vögel im Wald und vom Pferd? Ich habe kein Pferd." „Aber einen Vogel hast Du schon, oder?" „Ich werde Vögel und Pferde verzollen!" „Mach Dich vom Acker!" „Was ist ein Acker?" „Das ist die

Stelle, wo man Dich hoffentlich bald
einbuddelt und nie wieder rausholt."
„Was ist einbuddelt?" „Kauf Dir eine
Schüppe und fang schon mal an, ein
Loch zu graben! Da werden
bestimmt viele mithelfen. Und Deine
First Lady kann auch endlich mal
wieder lachen…." „First Lady lacht
immer über mich!" „Das glaube ich,
sagte Kirsche, aber dem Volk
kommen die Tränen." „Du hörst von
mir, Mister Kirsche!" „Ist das eine
Drohung oder ein Versprechen,
Mister Präsident?" „Hundert Prozent
Zoll auf alle Schlüpfer!!!"

„Viel Spaß beim Frauenchor im
Altenheim," sagte Peter. „Da kannst
Du ja auf einen Schlag Deine
Sammlung verdoppeln. Ich kann
Dich nicht begleiten. Einmal habe ich
mich da reingeschlichen. Sie haben
mich durch alle Flure und Räume
gejagt. Zum Glück stand in der
Verwaltung ein Fenster auf. Da bin
ich durchgesprungen und gegenüber

in einer Linde gelandet. Ich weiß nicht, was die mit mir gemacht hätten, wenn sie mich erwischt hätten. Vieh haben sie zu mir gesagt. Wie kommt das Vieh hier rein. Und diese Nachkommen der Affen reden von Tierschutz und Tierliebe." „Das ist aber die Ausnahme," sagte Kirsche. „Gerade Ihr Eichhörnchen seid doch bei den Menschen sehr beliebt." „Ja, aus der Ferne! Aber in ihrer Nähe wollen sie mich nicht haben." „Mal ehrlich, Peter, Du hast ja auch im Altersheim nichts zu suchen." „Dann dürfen sie die Tür nicht aufstehen lassen." „Ach, Du meinst, wenn eine Tür aufsteht, ist das eine Einladung für Dich?" „Zumindest kann ich dann mal gucken, was hinter der Tür los ist." „Das ist ja eine seltsame Eichhörnchen-Logik. Dann brauchst Du Dich nicht zu wundern, wenn sie Dich jagen, sobald sie Dich entdecken." „Wer sagt denn, dass ich mich wundere? Ich wundere mich doch gar nicht. Ihr Menschen seid böse. Anwesende natürlich ausgenommen." „Da hast Du ja gerade noch die Kurve gekriegt. Ich habe schon überlegt, wo Du ab morgen Deine Nüsse herbekommst." „Freundschaft?" „Freundschaft!"

Über vierzig Sängerinnen schmetterten „Junge, komm bald wieder, bald wieder nach Haus". Und die Alten waren begeistert von dem Konzert, klatschten und riefen „Zugabe!" „Wir haben heute einen Gast," sagte die Chorleiterin zu ihren Sangesdamen. Ihr kennt Kirsche sicher aus dem Fernsehen und aus der Presse." „Eine Sängerin aus der ersten Reihe sagte: „Oh je, dann gehen wir heute alle ohne Schlüpfer nach Hause." Die Damen lachten. Auch die alten Leute aus dem Altersheim lachten. „Eine Frau im Rollstuhl sagte: „Für einen guten Preis ziehe ich meine selbstgestrickte auch noch aus." Und wieder lachten alle. „Eine selbstgestrickte habe ich noch nicht in meiner Sammlung," sagte Kirsche zur allgemeinen Belustigung. Die Damen waren ganz aus dem Häuschen. „Kirsche, was bietest Du denn unserer Chorleiterin für ihren Schlüpfer?" fragte eine der Sängerinnen. „Halt den Mund," sagte die Chorleiterin. „Schlüpferkauf im Kollektiv," sagte Kirsche, „für jeden, der mitmacht, tausend Euro in bar." „Gilt das auch für uns?" fragte die Dame im Rollstuhl. „Tausend für jeden," sagte Kirsche. „Jetzt werden sie Dich mit ihren Schlüpfern zuschmeißen," sagte Peter, der unter einem Stuhl hervorlugte. „Wie kommst Du denn hier rein?" fragte Kirsche. „Durch ein Toilettenfenster," sagte Peter. „Dann pass mal auf, dass Dir keiner auf Deine Pinselohren tritt." „Die Oma da wäre mir eben schon fast mit dem

Rollstuhl über den Schwanz
gefahren." Die Damen waren
beschäftigt. „Ich habe Dir auch
meinen Schlüpfer gegeben," sagte
eine der Sängerinnen. „Ja, danke,"
sagte Kirsche, „dann nimm Dir
tausend Euro." „Da ist kein Geld
mehr," sagte sie. „Das kann doch gar
nicht sein," sagte Kirsche, „ich habe
es doch selbst ganz genau
abgezählt." Da meldete sich Peter,
das Eichhörnchen zu Wort: „Die
Dame ganz links in der zweiten
Reihe," sagte er, „die mit den kurzen
roten Haaren, die hat sich
zweitausend Euro genommen." Die
Sängerin mit den roten Haaren
wurde im Gesicht fast genauso rot
wie ihre Haare. „Da hast Du Deine
tausend Euro!" sagte sie zu der
Sängerin, die noch kein Geld
bekommen hatte. „Du brauchst zur
nächsten Probe nicht zu erscheinen,"
sagte die Chorleiterin. „Wir wollen
keine Diebin im Chor. Du bist vom

Chor ausgeschlossen!" „Das entscheidet der Vorstand," sagte die Sängerin mit den kurzen roten Haaren. „Ich bin der Vorstand!" sagte die Chorleiterin. „Blöde Kuh!" sagte die Sängerin mit den roten Haaren, warf den Kopf in den Nacken und verließ den Raum. „Buh!!!" riefen die anderen Sängerinnen hinter ihr her.

„Einundfünfzig Schlüpfer," sagte Kirsche. „Einundfünfzigtausend Euro," sagte Peter. „Hier, Kirsche, ich leihe Dir einen Kopfkissenbezug," sagte die Altenpflegerin, „da kannst Du die Schlüpfer reinpacken." „Verkaufst Du mir auch Deinen Schlüpfer?" fragte Kirsche. „Zweiundfünfzigtausend Euro," sagte Peter. „Hoffentlich steht das Toilettenfenster noch auf." „Komm, Peter, leg Dich in den Kopfkissenbezug, ich trage Dich mit nach draußen." „Auf die ganzen Schlüpfer?" fragte das Eichhörnchen. „Da liegst Du doch weich und geborgen," sagte Kirsche und lachte. „Gehen wir! Tschüss, die Damen!"

„Hallo Malaika. Verkaufst Du mir Deinen Schlüpfer?" „Zehntausend Euro!" „Aha, eine Frau, die weiß, was sie will," sagte Kirsche. „Wenn es stimmt, was man so liest, dann wird Dein Geld ja davon nicht weniger," sagte Malaika. „Ja, es stimmt, was man so liest!" sagte Kirsche. „Also zehntausend, und ich zieh ihn aus." „Das ist ja mal präzise und kurz und bündig," sagte Kirsche. „Also gut, zehntausend Euro für die Bereicherung meiner Sammlung." „Das Hemd und den BH auch?" fragte Malaika grinsend. „Nein, danke," sagte Kirsche, „das wird mir zu teuer, Dich gleich ohne Alles zu sehen." „Das stimmt. Das kannst Du nicht bezahlen!" „Ich will ja auch nur den Schlüpfer kaufen und nicht das, was drumherum ist und was drinsteckt." „Das ist auch unverkäuflich, mein lieber Freund!"

„Schön, Dich kennengelernt zu
haben, Malaika." „Ganz meinerseits!"
Malaika steckte die zehntausend
Euro ein und verabschiedete sich.
„Und grüß mir Dein Eichhörnchen,"
sagte sie, „falls er das versteht."
„Peter versteht alles!" sagte Kirsche.
„Der weiß alles und versteht alles.
Der weiß auch, wer Du bist. Der
weiß sogar, dass Du jetzt ohne
Schlüpfer nach Hause fährst." „Dann
weiß er mehr als ich," sagte Malaika;
„denn ich habe längst einen neuen
Schlüpfer an. Ich wusste doch, was
Du von mir willst." „Da hast Du
gleich…?" „Ja, ich habe gleich Ersatz
mitgebracht. Soll ich Dir mal ein
Geheimnis verraten? Ich hatte zwei
Schlüpfer übereinander." „Man soll
die Frauen nicht unterschätzen,"
sagte Kirsche." „Nee, das sollte man
besser nicht tun!" „Gehört mir dann
der andere Schlüpfer nicht auch?"
fragte Kirsche lachend. Malaika
lachte auch und sagte: „Von alles

ausziehen war keine Rede! Brutto, Tara und Netto. Tara nennt man die Verpackung. Und die hast Du ja nun." „Dann grüß mal Dein Netto von mir, das ich nicht bezahlen kann.…" „Das kann keiner. Jetzt reicht es mit dem Thema. Sonst kommst Du doch noch auf dumme Gedanken." „Tschüss, Malaika, es war schön mit Dir."

„Hallo Lea." „Hallo Kirsche." „Ich freu mich, dass Du gekommen bist und komme gleich zur Sache: Verkaufst Du mir denn Deinen Schlüpfer?" „Ich komme gerade vom Training. Er wird ein bisschen verschwitzt sein." „Das macht mir nichts aus. Andere in meiner Sammlung sind auch nicht immer ganz blütenrein und frisch." „Ich habe gelesen, dass Du fünfstellige Beträge dafür zahlst. Stimmt das?" „Das ist unterschiedlich. Wobei ich es aber nicht von Personen und ihrem Bekanntheitsgrad abhängig mache."

„Sondern?" „Das ist eine gute Frage. Eigentlich von gar nichts. Ich nenne immer spontan eine Summe. Zuletzt war Malaika hier. Da war es andersherum. Sie nannte mir sofort einen Betrag, den sie haben wollte. Das ist aber selten." „Und wie hoch war der Betrag?" „Zehntausend Euro wollte sie haben." „Sage ich doch, also fünfstellig. Für zehntausend Euro und Dein Hemd kriegst Du auch meinen Schlüpfer." „Mein Hemd? Wie kommst Du denn auf die Idee?" Lea lachte. „Auch spontan! Ich bin Fußballspielerin. Trikottausch nennen wir das!" „Dann habe ich ja noch Glück gehabt, dass Du nicht meine Unterhose für Deinen Schlüpfer haben willst." „Nee, nee, Dein Hemd, das ist schon in Ordnung." „Und Du hast nur einen Schlüpfer an?" „Wie meinst Du das?" „Die Malaika war ganz raffiniert. Die hatte unter dem Schlüpfer noch einen Schlüpfer." „Ja, das ist clever," sagte Lea. „Schade, dass ich nicht auf die Idee gekommen bin." „Also, zehntausend Euro und mein Hemd?" „Einverstanden. So machen wir das. Aber ich habe es Dir gesagt, er könnte etwas verschwitzt sein." „Das ist mein Hemd wahrscheinlich auch." „Kann ich mir den Schlüpfer denn hier irgendwo ungestört ausziehen?" „Meine Güte. Setz Dich auf die Treppe und zieh ihn aus. Dafür brauchst Du doch keine Spielerkabine! Ich hole eben das Geld. Und wenn ich zurück bin, hast Du das gute Stück ausgezogen." „Okay!" „So, hier sind die zehntausend Euro und hier ist auch mein Hemd. Danke, Lea! Und tschüss!" „Tschüss, Kirsche. Ich danke Dir! Unsere Siegprämien sind nicht so hoch wie Deine Zahlung!" „Tja, da hat die Emanzipation noch nicht geklappt. Wenn Du bei den Männern spielst, bist Du bald eine Millionärin." „Darum lassen sie mich ja da nicht mitspielen!" „Mach Dir nichts draus. Glücklicher sind die spuckenden Millionäre in den kurzen Hosen auch nicht." „Spuckende Millionäre?" „Na klar. Sie spucken doch ständig auf ihren Arbeitsplatz. Ich stelle mir immer vor, das würde der Küchenchef auch tun oder der Pastor von der Kanzel. Und mit dem Spiel hat das überhaupt nichts zu tun. Die spucken ja schon, wenn sie eingewechselt werden und noch keinen Meter gelaufen sind. Ich habe früher auch mal in der Schülermannschaft gespielt. Wenn von uns einer gespuckt hätte, hätte ihn unser Trainer wahrscheinlich als Lama im Zoo abgegeben." „Ein lustiger Gedanke," sagte Lea. „Also tschüss, Kirsche! Und spuck nicht in Deine Sammlung." „Tschüss Lea. Bleib so, wie Du bist!"

„Guten Morgen, Frau Doktor." „Guten Morgen Kirsche. Was kann ich für Dich tun? Ah, ich sehe schon, Du

humpelst." „Ich kann kaum noch
gehen. Beide Beine sind taub, steif
und schmerzhaft." „Ich schau mir das
mal an. Schaffst Du es, hier zu der
Liege zu kommen?" „Es fällt mir
schwer, Frau Doktor, aber ich
schaffe das. Ich schaffe das!" „Lass
Dir Zeit. Dann leg Dich mal hier hin.
Also, eine Thrombose ist das nicht.
Ich sehe auch keine Schwellung.
Seit wann hast Du die
Beschwerden?" „Eigentlich erst seit
gestern." „Was heißt eigentlich?" „Na
ja, das kommt schon mal und geht
wieder." „Ich kann da nichts
feststellen. Ich verschreibe Dir mal
ein Schmerzmittel. Wenn die
Schmerzen aufhören, entkrampft
sich das vielleicht wieder, und wir
brauchen uns keine weiteren Sorgen
zu machen." „Ach Frau Doktor, da ist
noch was. Verkaufst Du mir den
Schlüpfer, den Du gerade anhast?"
„Was mache ich???" „Ich möchte
Deinen Schlüpfer kaufen. Du hast

doch sicher von meiner Sammlung gehört.“ „Was denn für eine Sammlung?“ „Ich dachte, Du weißt das. Ich sammele getragene Schlüpfer.“ „Nein, von so einem Schwachsinn habe ich nichts gehört. Du gehst ja jetzt ganz normal. Ist das eine Wunderheilung???“ „Das war nur ein Vorwand mit meinen Beinen.“ „Willst Du damit sagen, dass Dir gar nichts weh tut und Du hier nur simulierst hast?“ „Ja, weil ich doch einen Termin bei Dir haben wollte.“ „Und meinen Schlüpfer???“ „Ja!“ „Kirsche, jetzt verlässt Du meine Praxis. Und Du suchst Dir bitte umgehend einen neuen Hausarzt. Ich jedenfalls will Dich hier nicht mehr sehen. Ich habe keine Zeit für solche Albernheiten und Unverschämtheiten. Und die anderen Patienten, die dringend meine Hilfe brauchen, auch nicht.“ „Meine Güte, es geht doch nur um einen Schlüpfer. Und ich zahle auch

gut dafür." „Raus!!! – Raus!!! –
Raus!!!" Frau Doktor war außer sich,
und es dauerte einige Zeit, bis sie
sagte: – „Der Nächste, bitte!"

„Hallo Ursula." „Guten Tag, Kirsche!"
„Hattest Du eine gute Reise?" „Ja,
danke." „Trinken wir erst mal einen
Kaffee?" „Das ist eine gute Idee!"
„Was sind das denn für
schwarzgekleidete Männer da in
meinem Garten?" „Das ist meine
Leibwache." „Ach du liebe Zeit! Das
sind ja mehr als die Schweizer
Garde des Papstes. Wer bezahlt die
denn?" „Wer die bezahlt? Die EU
bezahlt die." „Wer?!" „Die
Europäische Union!" „Nein, Ursula.
Ich bezahle die! Wir, die Bürger
bezahlen die! Genauso, wie wir Euch
alle bezahlen. Ihr vergesst das nur
leider. Ihr reist um die halbe Welt,
wohnt in den teuersten Hotels,
kassiert viel zu hohe Gehälter und
Spesen und macht auch noch teure
Gastgeschenke, - alles von meinem

Geld." „Du vertrittst ja seltsame Ansichten," sagte Ursula. „Seltsame Ansichten? Ihr seid gewählt, um die Interessen der Bürger zu vertreten. In der Union, im Bund, im Land, in der Kommune. Und da sitzen die ganzen Sesselfurzer selbstgefällig und lassen die Bürger im Flur warten, bis sie einen Termin bekommen und an der Reihe sind. Und die Bürger müssen dann Anträge stellen für Dinge, die ihnen selbst gehören. Nur, weil da so ein Sesselfurzer den richtigen Stempel auf seinem Schreibtisch hat, den der Bürger unter einem Formular braucht, um zu seinem Recht zu kommen. Und wir Bürger? Wir haben das auch fast vergessen, dass Ihr alle nur unsere Angestellten seid und von unseren Steuergeldern lebt wie die Made im Speck. Als wären wir ein Selbstbedienungsladen, aus dem Ihr Euch nach Herzenslust bedienen könnt." „Jetzt mach aber mal einen

Punkt, Kirsche! Du tust ja so, als würden wir Dir etwas wegnehmen,“ sagte Ursula. „Ja, das tut Ihr doch auch! Das ist doch nicht Euer Geld, das Ihr verschwendet und mit vollen Händen entweder Euch selbst in die Taschen steckt oder rausschmeißt.“ „Das ist ja unerhört!!!“ „Entschuldige, Ursula, aber das muss Euch doch mal einer so deutlich sagen.“ „Ausgerechnet Du! Mit abgebrochener Ausbildung, mit einem Lottogewinn von zwölf Millionen in der alten Eichentruhe Deiner Urgroßmutter, mit einem Eichhörnchen als besten Freund. Ausgerechnet Du fühlst Dich zuständig, mir so etwas zu sagen.“ „Du bist ja gut über mich informiert!“ „Natürlich bin ich gut über Dich informiert. Glaubst Du, ich fahre hierher, ohne zu wissen, wer mich dort erwartet. Natürlich haben wir Dich vorher auf Herz und Nieren durchleuchtet.“ „Auf Herz und

Nieren! Habt Ihr mich durchleuchtet! Dann bin ich für Euch ein Mensch aus Glas." „Das kann man so sagen. Ich kenne Deine Blutgruppe, weiß, welche Schuhgröße Du hast, welche Partei Du gewählt und welche Schulen Du besucht hast. Das gehört einfach zu unserem Beruf dazu." „Genauso wie die Leibgarde, die Dich auf Schritt und Tritt begleitet?" „Genau so!" „Dann weißt Du selbstverständlich auch von meiner Sammlung?" „Ja natürlich weiß ich das. Ich weiß auch, von welchen Damen Du schon alles einen Schlüpfer in der Sammlung hast und was Du dafür bezahlt hast." „Stimmt es, dass Du sieben Kinder hast?" fragte Kirsche. „Ja, das stimmt!" „Dann kennst Du Dich ja damit aus, den Schlüpfer auszuziehen!" „Kirsche, das ist unverschämt!!! Ich bin bereit, das überhört zu haben, aber Du bist unverschämt!" „Ja, entschuldige

bitte, es ist mir so rausgerutscht."
„Dann lass Dir bitte nicht noch mehr
solcher Sprüche rausrutschen, sonst
gibt es Ärger, ganz, ganz fiesen
Ärger!!!" „Entschuldigung! – Uschi
und die sieben Geißlein!" „Kirsche,
Du neigst etwas zur
Respektlosigkeit, oder?" „Nein, so
würde ich mich selbst nicht
beschreiben. Aber das hätten Deine
Leute doch dann auch festgestellt,
als sie mich durchleuchtet haben.
Ursula und ihre sieben Geißlein, das
klingt doch süß." „Hast Du noch'n
Kaffee?" „Ja, natürlich! – Darf ich
vorstellen: Mein Freund Peter!" sagte
Kirsche. „Ah, sieh da, sieh da!" sagte
Ursula, „das sprechende
Eichhörnchen!" „Ah, sieh da, sieh
da!" sagte das Eichhörnchen,
„unsere ehemalige Panzer-Uschi!"
„Hier ist wohl einer so unverschämt
wie der andere," sagte Ursula. „War
mein Freund auch schon
unverschämt?" fragte das

Eichhörnchen und kratzte sich hinter den Pinselohren. „Wer sind denn die ganzen Männchen da im Garten?" fragte Peter, „hast Du neue Gartenzwerge aufgestellt?" „Ganz dünnes Eis!" sagte Kirsche, „das ist die Leibgarde von Ursula." „Und wer bezahlt das alles?" fragte das Eichhörnchen. „Ihr scheint ja wirklich ein starkes Team zu sein," sagte Ursula. „Lass Dir das nachher von Deinem Freund erklären, wer das alles bezahlt." „Fängt mit S an," sagte Peter, „ich glaube, man nennt ihn Steuerzahler, dessen Geld Ihr da so freizügig verschwendet." „Was weiß denn ein dummes Eichhörnchen von einem Steuerzahler?" sagte Ursula. „Dumm verbitte ich mir!" sagte Peter. „Na gut. Was weiß denn ein Eichhörnchen von einem Steuerzahler? Kümmere Du Dich um Deinen Kobel, dass Du für den Winter genug Nüsse gebunkert hast." „Ach ja," sagte Peter „Nüsse! Dafür bin ich ja gekommen. Aber alle Achtung, dass Du weißt, was ein Kobel ist." „Ja, ganz so dumm sind wir wohl nicht, die Eure Steuergelder verprassen." „Ihr in Euren teuren Palästen mit dicken Teppichen würdet Euch wundern, wenn Ihr mal einen Winter lang im Kobel verbringen müsstet." „Ohne Strom und fließendes Wasser," sagte Kirsche lachend, „und ohne Leibgarde vor der Tür." „Ursula, nenne mir einen Preis für Deinen Schlüpfer." „Ich wusste ja, dass die Frage danach kommt. Ich schenke ihn Dir." „Nein, nein!" sagte Kirsche. „Ich hätte ihn wirklich gerne in meiiner Sammlung. Aber gekauft! Bitte, gekauft!" „Also gut," sagte Ursula, „einen Euro." Es war bisher der billigste Schlüpfer in der Sammlung, aber irgendwie doch der wertvollste! Ursula pfiff ihre Leibgarde wieder zusammen und verabschiedete sich. „Solche Damen haben einen zweiten Schlüpfer dabei," sagte Kirsche zu Peter.

„Moin Kirsche!" „Moin Peter. Wie geht es Dir?" „Ich komme gerade von der Witwe Krause. Sie erzählte mir, dass sie von Dir ein Puddingteilchen bekommt." „Jede Woche eins! Und ein Brot mit Belag dazu!" „Schämst Du Dich denn gar nicht?" „Bitte? Was soll das denn?" sagte Kirsche entrüstet. „Denen, die selbst Geld genug haben, gibst Du zehntausend Euro. Und eine arme Witwe, die kaum ihre Miete bezahlen kann, auf Schiebebrot angewiesen ist und sich darauf die Butter nicht leisten kann, speist Du mit einem Puddingteilchen ab!" „Hat sie sich bei Dir beklagt?" „Dazu ist sie viel zu fein, viel zu dankbar und viel zu bescheiden. Im Gegenteil, sie hat Dich gelobt, was Du für ein netter und großzügiger Mensch bist." „Na siehst Du, dann ist doch alles gut." „Gar nichts ist gut!

Wir haben uns dann noch nett
unterhalten. Sie erzählte mir von
früher, als sie noch in die Oper
eingeladen worden ist. Ihre Augen
glänzten, als wäre sie in eine andere
Welt verrückt, als sie sagte: Mozart!
Die Zauberflöte! Papageno! Und
dann begann sie leise zu singen:
Dies Bildnis ist bezaubernd schön,
wie noch kein Auge je gesehn.…"
„Das ist ja rührend," sagte Kirsche.
„Ja, das war sehr rührend! Weißt Du
was, mein Freund, Du wirst die alte
Dame in die Oper einladen." „Ich?
Das kann ich doch nicht machen!
Wie soll ich ihr das erklären? So alte
Leute sind sensibel." „Du sagst ihr
einfach, Du hättest zwei Karten für
die Oper und fändest es zu schade,
eine verfallen zu lassen. Ein
Eichhörnchen darf nicht in die Oper,
und sonst weißt Du niemanden, den
Du fragen könntest. Da wäre sie Dir
eingefallen. Und sie würde Dir einen
großen Gefallen tun, wenn sie Dich

begleitet. So kannst Du es ihr sagen." „Ja, Du hast recht, so könnte ich es ihr sagen." „Und mir gibst Du jetzt fünftausend Euro mit, die ich ihr schenken werde. Das ist Dein nachträglicher Preis für ihren Schlüpfer. Ich habe ihr schon erzählt, dass ich in der Lotterie gewonnen hätte und dass ein Eichhörnchen nichts mit Geld anfangen kann. Dann muss ich ihr nur noch sagen, dass ich niemanden weiß, der sich über fünftausend Euro freuen würde und sie soll mir doch bitte keinen Korb geben, wenn ich ihr die fünftausend Euro schenke. Es ist ja nur ein Lotteriegewinn." „Du hast anscheinend an alles gedacht." „Einer von uns beiden muss ja denken!" „Peter, ich bin stolz darauf, so einen Freund zu haben. Den suchen viele unter den Menschen vergeblich." „Die Witwe Krause wird sich fühlen, wie in einem Märchen,"

sagte Peter, „und ich glaube, diese
Frau hat das verdient."

„Kirsche, wusstest Du, dass der
Peter fünftausend Euro in der
Lotterie gewonnen hat?" fragte die
Witwe Krause. „Ja, er hat mir das
erzählt. Aber was soll ein
Eichhörnchen mit Geld. Er kann
doch gar nichts damit anfangen."
„Das hat er mir auch gesagt. Und
weißt Du, was er dann gemacht hat?
Er hat es mir geschenkt. Er bestand
darauf, dass ich es annehme,
obwohl mir das zuerst peinlich war."
„Wirklich? Er hat es Dir geschenkt?
Das freut mich aber. Ja, ja, so ist
Peter. Aber bei Dir trifft es ja die
Richtige. Wirklich, mich freut das!
Das muss Dir doch nicht peinlich
sein. Du kannst das Geld vielleicht
brauchen. Und Peter kann nichts
damit anfangen." „Das waren auch
seine Worte. Ich weiß gar nicht, was
in letzter Zeit los ist. Erst das viele
Geld vom Peter und jetzt Deine

Einladung in die Oper. Womit habe ich das verdient?" „Du wirst es schon verdient haben, wenn es der liebe Gott so einrichtet. Und jetzt berätst Du mich auch noch im Modegeschäft bei dem dunkelblauen Anzug, den ich mir für die Oper kaufen möchte." „Das mache ich doch gerne. Aber ich habe den Eindruck, dass Du selbst genau weißt, was Du möchtest." „Der Rat einer Frau ist immer gut," sagte Kirsche. Gehen wir rein!" Kirsche entschied sich sehr schnell für einen dunkelblauen Anzug mit Weste und ein weißes Hemd und sagte dann zu dem Verkäufer: „Und meine Begleitung hätte gerne dazu ein farblich passendes Jackenkleid mit einer weißen Bluse." „Darüber haben wir nicht gesprochen," sagte die Witwe Krause." „Den Wunsch darfst Du mir nicht abschlagen," sagte Kirsche. „Ich schenke Dir das, weil ich mich so freue, dass Du mit mir in die Zauberflöte gehst. Ich freu mich so auf die Oper! Und auf Dich, Witwe Krause!" Nachdem sie auch ein Jackenkleid und eine Bluse gekauft hatten, sagte die Witwe Krause: „Ich fühle mich wie die Prinzessin im Märchen." „Das ist schön", sagte Kirsche, „das ist sehr schön!" Und die Witwe Krause summte leise eine Melodie von Mozart. Kirsche war der Meinung, das war nicht aus der Zauberflöte. Es könnte „Reich mir die Hand mein Leben" aus Don Giovanni gewesen sein. Kirsche freute sich jetzt so richtig auf die Oper und den Abend mit der Witwe Krause.

Chic war sie in dem neuen Jackenkleid und der weißen Bluse. So gar nicht wie eine alte Frau. Kirsche war richtig glücklich darüber, dass Peter auf die Idee mit den Theaterkarten gekommen war. Und dass es ausgerechnet auch noch Die Zauberflöte von Mozart gab, war ja schon ein sicheres Zeichen des Schicksals. Die Witwe Krause schmolz bei der Musik so richtig dahin und erschrak sich über sich selbst, als sie Kirsche in der Pause einen Kuss auf die Wange gab. „Danke, Kirsche. Tausend Dank! Das ist mein schönster Tag in den letzten fünfzig Jahren," sagte sie. Kirsche krönte den Tag noch damit, dass er in der Pause zwei Gläser Sekt von der Bar holte und mit ihr anstieß. „Auf einen wunderbaren Abend!" sagte er. Und wie selbstverständlich ging das ungleiche Paar nach der Vorstellung Arm in Arm nach Hause und sang im Duett „Der Vogelfänger bin ich ja…" und sie hüpften dabei „stets lustig heissa hopsasa…" Kirsche brachte die Witwe nach Hause und sagte: „Für mich war es auch einer der schönsten Abende! Wenn ich einen Wunsch frei habe, dann sollten wir das wiederholen." „Ich bin glücklich. Ich bin richtig glücklich," sagte sie. „Gute Nacht,

Kirsche, und tausend Dank!!!" „Gute
Nacht!"

„Was hast Du denn mit der Witwe
Krause gemacht?" fragte das
Eichhörnchen. „Gar nichts," sagte
Kirsche, „wir waren in der Oper." „Als
ich heute bei ihr vorbeikam, stand sie
am offenen Fenster und sang so
laut, dass die Vögel draußen
verstummten und ihr zuhörten."
Kirsche lachte. „Dann habe ich ja
alles richtig gemacht. Es war wirklich
ein wunderbarer Abend. Auch für
mich!" „Das freut mich sehr. Für die
Witwe Krause, - und auch für Dich!"
sagte Peter. „Sie sagte mir, es wäre
seit fünfzig Jahren der schönste Tag
in ihrem Leben gewesen," sagte
Kirsche. „Da hattest Du einen guten
Einfall mit der Einladung in die
Oper." „Ja, Ihr Menschen seht ja
manchmal die einfachen Dinge nicht,
mit denen man andere glücklich
machen kann." „Und weißt Du, was
ich dabei wieder gelernt habe? Man

macht sich selbst auch glücklich damit." „Ja, aber so ein einfältiger Mensch kommt ja alleine nicht auf so eine Idee!" „Dazu habe ich Dich ja!" „Sehr gut erkannt, mein Freund. Und jetzt hätte ich gerne meine Ration Nüsse. Es dürfen heute ein paar mehr sein. In meinem Kobel wartet eine Eichhörnchen-Witwe auf mich. Ihren Mann hat ein Trecker erwischt. Aber ich mochte ihn sowieso nicht. Er war ein großspuriger und eingebildeter Bursche. Ich glaube, die Witwe hat ein paar Nüsse verdient." „Treib es nicht zu wild mit ihr!" „Was soll das denn? Hab ich Dich gefragt, wie wild Du es mit der Witwe Krause getrieben hast?" „Na ja, in die Oper wirst Du mit Deiner Eichhörnchen-Witwe ja kaum gehen." „Ihr Bildnis ist auch bezaubernd schön. Und jetzt Nüsse her und tschüss!!!"

„Guten Tag. Ich bin Frau Krötz. Und das ist Fräulein Jasmin, meine

Schwester im Glauben." „Guten Tag, die Damen," sagte Kirsche, „was kann ich für Euch tun?" „Nicht für uns," sagte Frau Krötz, „für Dich musst Du was tun. Die Apokalypse, der Weltuntergang, das Ende der Welt steht bevor." „Aha!" „Jawohl. Und Gott Bhajati sagt, wer nun noch umkehrt, dessen Seele wird gerettet und er wird das Paradies erlangen." „Wer umkehrt!" wiederholte Kirsche. „Jawohl, wer umkehrt! Die Ungläubigen aber werden ganz erbärmlich zugrunde gehen." „Sagt Bhajati," sagte Kirsche. „Jawohl! Das sagt Bhajati." „Und Bhajati ist Euer Gott?" „Bhajati ist unser aller Gott!" sagte Frau Krötz. „Unser Gott ist aber ein vergebender und liebender Gott," sagte Kirsche, „und wir haben alle den gleichen Gott. Außerdem sehe ich keinen Weltuntergang auf uns zukommen." „Den brauchst Du nicht zu sehen," sagte Frau Krötz, „das ist Prophezeiung!" „Fräulein

Jasmin hat noch gar nichts gesagt,“ sagte Kirsche, „was meinst Du denn dazu, Jasmin.“ „Jasmin lernt noch,“ sagte Frau Krötz. „Aha, sie lernt noch die Apokalypse und die Prophezeiung,“ sagte Kirsche grinsend und ironisch. „Da scheint sie ja eine gute Lehrmeisterin zu haben. Tut mir leid, Frau Krötz. Ich bin auch gläubig und christlich geprägt, aber Deiner Theorie kann ich nicht folgen.“ „Schade um Deine Seele!“ sagte Frau Krötz. „Aber ich habe einen anderen Vorschlag,“ sagte Kirsche, „ich zahle jeder von Euch achttausend Euro für den Schlüpfer, den ihr gerade anhabt.“ „Für unseren Schlüpfer? Ja, bist Du denn wahnsinnig? Was ist denn das für ein unverschämtes Angebot? Jasmin, sag doch auch mal was!“ „Was ist denn das für ein unverschämtes Angebot?“ plapperte Jasmin nach. „Ja, genau!“ sagte Frau Krötz, „unverschämtes

Angebot! Komm, Jasmin, wir können
nichts für seine Seele tun!" Frau
Krötz ging, und Jasmin dackelte
hinter ihr her. Aber am Nachmittag
stand plötzlich Jasmin wieder vor der
Tür. „Gilt Dein Angebot noch mit den
achttausend Euro?" fragte sie. „Ja
klar," sagte Kirsche, „woher kommt
die plötzliche Wandlung? Warum
hast Du denn vorhin nichts gesagt?"
„Ich werde doch von Frau Krötz erst
noch angelernt und soll nur
zuhören." „Du bist so ein hübsches
junges Mädchen. Glaubst Du das
denn mit dem Weltuntergang?" „Ich
weiß es nicht. Frau Krötz sagt, das
wäre eine Prophezeiung." „Und ich
prophezeie Dir, dass es so eine
Prophezeiung nicht gibt." „Das sagen
meine Eltern auch!" „Dann genieße
doch lieber Dein junges Leben und
danke Gott dafür. Das hört er doch
gerne und freut sich über jedes
fröhliche seiner Geschöpfe." „Und
was ist mit der Umkehr?" „Lass Dir

mal eine moderne Frisur machen,
zieh Dich mädchenhaft an und lauf
nicht rum wie Deine eigene Oma und
freu Dich, wenn morgens die Sonne
aufgeht. Das ist Umkehr genug!!! So,
Mädchen, hier hast Du achttausend
Euro und nun gibst Du mir Deinen
Liebestöter, den brauchst Du nach
der Umkehr auch nicht mehr."
„Danke," sagte Jasmin, „nicht nur für
das Geld!"

„Hallo Mister Kirsche!" „Das
Großmaul. Was willst Du denn schon
wieder hier?" „Ich bin der Präsident.
Wir müssen verhandeln." „Bei mir
gibt es nichts zu verhandeln," sagte
Kirsche. „Wir müssen über die Blaue
Mauritius unter den Schlüpfern
verhandeln." „Über die Blaue
Mauritius gibt es mit Dir auch nichts
zu verhandeln!" „Ich kann es nicht
ertragen, wenn ich etwas nicht
bekomme, was ich haben will." „Das
ist mir völlig egal, was Du ertragen
kannst. Du bringst die ganze

Weltordnung durcheinander. Das können Millionen Menschen nicht ertragen!" „Die Blaue Mauritius der Schlüpfer gibt es nur von meiner Gattin. Und sie ist die First Lady. Geht das nicht in Deinen Kopf rein?" „Nein, das geht da nicht rein. Da sind viele andere gute Dinge drin. Aber Dein Kopf scheint ja sehr leer zu sein, da ist ja Platz genug!" „Ist das eine Beleidigung?" „Nein, Präsident, das ist eine Feststellung!" „Wir müssen verhandeln." „Dann mach mir mal ein paar Angebote! Kriege ich Grönland? Oder die Krim? Oder Sachsen und Thüringen?" „Du nimmst mich nicht ernst!" „Dich nimmt keiner ernst. Hast Du das noch nicht bemerkt? Einen Verrückten kann man nicht ernst nehmen!" „Der Schlüpfer meiner First Lady wird die Blaue Mauritius, und Du kriegst einen Posten in meinem Kabinett." Kirsche lachte. „Das ist ja fast eine Drohung! Und jetzt mach

Dich bitte vom Acker, bevor ich nachhelfe. Du bist hier absolut unerwünscht." „Ich bin der Präsident!" „Für mich bist Du ein Großmaul. Und sonst gar nichts!" „Ich mag es gar nicht, wenn ich etwas nicht kriege, das ich haben will." „Dann wünsch Dir doch einfach, dass ich Dich jetzt rausschmeiße. Das kriegst Du dann auch!" „Ich bin der Präsident!!!" „Abgang, Du Komiker!!!" „Ich komme wieder. Wir müssen verhandeln…."

„Ich werde dann mal gehen," sagte das Eichhörnchen, „da kommt Annalena, die Weltreisende." „Hallo Kirsche!" „Hallo Annalena! Schön, dass Du gekommen bist." „Ich habe aber nicht viel Zeit," sagte Annalena. „Ich will ja noch schnell zwei Dutzend Länder besuchen." „Also doch Weltreisende," sagte Kirsche. „Was hast Du gesagt?" „Ach nichts, das war so ein Spruch von Peter, meinem Freund." „Ich habe davon

gehört, dass er ein Eichhörnchen
und Dein Freund ist." „Ja,
Eichhörnchen sind die besseren
Freunde." „Besser als Menschen?"
„Viel besser!" „Und genügsam sollen
sie ja auch sein," sagte Annalena
und lachte. „Du verkaufst mir den
Schlüpfer, den Du gerade anhast, für
viertausend Euro?" „Fünftausend
sollten es schon sein. Immerhin
könnte es der erste grüne Schlüpfer
in Deiner Sammlung sein." „Grün?
Ja, das habe ich wirklich noch nicht."
„Ich trage nur grüne Schlüpfer,"
sagte Annalena. „Ah ja, ich
verstehe," sagte Kirsche, „ich glaube,
der vorletzte, es kann auch noch
davor gewesen sein, war schwarz
und davor war einer rot." „Kein
gelber?" Beide lachten. „Nee, die
sind wohl etwas aus der Mode
gekommen," sagte Kirsche. „Also
gut, fünftausend Euro für Deinen
grünen. Hoffentlich musst Du dann
auf Deiner nächsten Flugreise nicht

frieren." „Nein, nein, ich habe noch
ein paar grüne in Reserve im Koffer."
„Du hast schon den Koffer gepackt?"
„Den packe ich doch gar nicht mehr
aus!" „Einen guten Flug wünsche ich
Dir. Und danke für das grüne
Schmuckstück." Annalena ging
schon wieder, sie hatte noch ein
paar Reisen vor sich.

„Ich bin die Frau vom Dieter. Hallo
Kirsche." „Hallo Frau vom Dieter. Ja,
ich weiß. Aber eigentlich ist Dieter ja
der Mann von Dir, wenn man es
genau nimmt." „Das verstehe ich
nicht." „Du tust doch immer so, als
würde Dir die ganze Stadt gehören.
Dann gehört Dir doch der Dieter
bestimmt auch. Ist er nicht bei Dir in
Käfighaltung? Darf der bei Dir denn
mehr als JA sagen?" „Warum willst
Du mich provozieren? Ich bin doch
gekommen, um Dir meinen Schlüpfer
für Deine Sammlung anzubieten.
Gegen einen guten Preis, versteht
sich!" „Natürlich, versteht sich," sagte

Kirsche. „Aber ich will von Dir keinen Schlüpfer, auch nicht geschenkt!" „Warum denn nicht, wenn ich mal fragen darf," sagte die Frau vom Dieter. „Natürlich darfst Du mal fragen." „Und warum nicht?" „Die Antwort wird Dir aber nicht gefallen. Weil ich von so einer eingebildeten Zippe keinen Schlüpfer in meiner Sammlung haben will." „Du Arsch!" „Siehst Du, eingebildet und primitiv!" „Arsch!" sagte die Frau vom Dieter noch einmal. „Angenehm," sagte Kirsche. „Weiß Dein Mann eigentlich, dass Du hier in der Nachbarschaft darum bettelst, Deinen Schlüpfer ausziehen zu dürfen und dafür kassieren willst?" „Blöder Arsch!" sagte die Frau vom Dieter wütend. „Was bist Du doch für ein geistig minderbemitteltes Weib!" sagte Kirsche und brachte die Frau vom Dieter immer mehr in Rage. „Meine Güte, der Dieter tut mir ja so leid, jeden Tag so einen Menschen in seiner Nähe zu haben. Sag ihm, er kann gerne mal auf ein Bier zu mir kommen. Ich gebe ihm auch ein paar Tipps, wie man mit so einem Drachen umgeht." „Du hörst von mir! Du blöder Hund, Du hörst von mir," sagte die Frau vom Dieter. „Danke, ich habe schon genug von Dir gehört," sagte Kirsche, „hier in der Nachbarschaft hat ja schon jeder seine Meinung über Dich. Mehr will ich gar nicht hören." „Ich bin mit der ehrlichen Absicht gekommen, Dir meinen Schlüpfer zu verkaufen." „Ist er denn sauber?" „Du Arsch, Du hörst noch von mir!" sagte die Frau vom Dieter noch einmal und zog wütend von dannen. „War das nicht die Frau vom Dieter?" fragte Peter, der gerade um die Ecke kam. „Sie schimpfte vor sich hin und schien ja sehr wütend zu sein." „Ja, ich habe ihr gesagt, was ich von ihr halte. Sie ist gekommen und wollte mir einen Schlüpfer verkaufen." „Und Du hast ihn nicht haben wollen?" „Nee! Von der will ich keinen Schlüpfer." „Und viel Geld wollte sie wahrscheinlich auch dafür?" „Ja klar, darum ist sie ja gekommen." „Ich kann sie nicht leiden." „Die kann keiner leiden," sagte Kirsche. „Nach mir hat sie einmal mit einem Ziegelstein und einmal mit einem Brotmesser geworfen," sagte das Eichhörnchen. „Tiere mag sie wohl auch nicht." „Die mag nur sich selbst," sagte Kirsche. „Ein Ziegelstein und ein Brotmesser, das kann ja schon tödlich sein." „Das war vermutlich auch ihre Absicht," sagte Peter. „Wer solche Nachbarn hat, braucht keine Feinde." „Der hat sie ja schon," sagte das Eichhörnchen. „Und der Dieter ist doch ein ganz netter Mensch. Wie ist der bloß an diesen zänkischen Satan geraten?" „Der Satan ist wie der Wolf im Märchen, der Kreide frisst, um an sein Ziel zu kommen," sagte Kirsche. „Dann hätte sich der Dieter wohl eher im Uhrenkasten verstecken müssen, um bei dem Märchen zu bleiben," sagte Peter.

„Hallo Mister Kirsche. Wir müssen reden." „Das darf doch nicht wahr sein," sagte Kirsche, „das Großmaul ist schon wieder da." „Ich bin bereit, die Zölle auf Schlüpfer zurückzunehmen." „Zölle auf Schlüpfer?" sagte Kirsche, „davon weiß ich nichts." „Davon weißt Du nichts? Hundertfünfzig Prozent Zoll auf alle Schlüpfer habe ich angeordnet! Und Du willst davon nichts wissen? Aber ich komme ja, weil ich bereit bin, die zurückzunehmen. Ich verlange nur eine kleine Gegenleistung: Der Schlüpfer meiner First Lady wird die Blaue Mauritius in Deiner Schlüpfersammlung!" „Wie oft willst Du das noch versuchen? Ich will den Schlüpfer Deiner First Lady nicht. Und was sagt sie denn eigentlich dazu?" „Sie ist nur eine Frau. Die hat doch nichts zu sagen! Das sage ich doch, was gut für sie ist und was ich erwarte!" „Ja, Präsident, dafür bist Du bekannt. Frauenverachtend, selbstverliebt, überheblich, dumm im Kopf und gefährlich. Macht ist nicht schlimm. Dummheit auch nicht. Aber beides vereint in einer Person, das ist sehr gefährlich." „Was redest Du denn da für einen Unsinn? Ich bin der Präsident!" „In meinen Augen bist Du eine Null und ein Großmaul." „Ich beende die Kriege auf dieser Welt. Das hat vor mir noch keiner geschafft," sagte der Präsident. „Wenn Du damit fertig bist, kannst Du Dich wieder bei mir melden," sagte Kirsche. „Und wenn Du Deine First Lady überzeugt hast, kann sie ja selbst mal zu mir kommen. Ich würde schon gerne einmal mit ihr reden." „Mister Kirsche, wir müssen verhandeln!" „Sag mal, hörst Du nur Dich selbst reden? Hörst Du nicht, was ich sage? Ich habe mit Dir nichts zu verhandeln." „Dann bleibt es bei den Zöllen!" „Du kannst sie gerne auf zweihundert Prozent erhöhen. Das wird nichts daran ändern, dass ich Dich jetzt bitte, zu verschwinden. Und grüße die First Lady von mir!" „Ich komme wieder. Wir müssen verhandeln!" Da kam das Eichhörnchen gerade recht. „Er schon wieder!?" sagte Peter. „Sag mal, Mister Präsident, sind die Haare auf Deinem Kopf echt, oder ist es das Fell von einem meiner Artgenossen?" „Wer ist das denn?" „Das ist mein Freund Peter. Hattest Du ihn nicht schon einmal bei mir kennen gelernt?" „Ein Eichhörnchen als Freund? Ein unverschämtes und respektloses Eichhörnchen! Hundert Prozent Zoll auf alle Felle und alle Eichhörnchen!!!" „Was meinst Du, Kirsche, der sieht nicht nur so blöde aus, der ist auch so, oder?" „Ich glaube, Du wolltest ihm schon mal in die Wade beißen." „Ja, das sollte ich

tun!" „Hundertzwanzig Prozent,"
sagte der Präsident. „Ich komme
wieder, wir müssen verhandeln!" Und
dann pfiff der Präsident ein Lied und
ging.

„Hallo Kirsche." „Hallo Agnes. Schön,
Dich auch mal wieder zu sehen.
Obwohl ich nicht sagen kann, dass
ich Dich vermisst habe. Du hast Dich
ja im richtigen Moment abgesetzt
und neu orientiert," sagte Kirsche.
„Ja, ich bin clever," sagte Agnes,
„unter fünf Prozent wird man doch in
keine Talkshow mehr eingeladen.
Was sollte ich also noch da!?"
„Talkshow ohne Agnes. Das ist ja
wie Fernsehen ohne Sex und ohne
Lispeln. Dir fehlt das doch sicher
auch. Ich habe schon damals
gesagt: Beendet den Krieg. Hängt
Plakate mit dem Foto von der Agnes
an die Landesgrenzen, da traut sich
doch kein Feind mehr hin!" „Ja, man
muss den Feind abschrecken."
„Abschrecken, - ja, abgeschreckt

hast Du uns auch immer, wenn wir Dich in den Talkshows gesehen und gehört haben. Mehr Abschreckung geht ja gar nicht! Du hast doch als Kind bestimmt auch nur mit Bleisoldaten gespielt, oder?" „Klar!!! Ich hatte sie alle, Kriegsmarine, Infanterie, Artillerie." Die Augen von Agnes glänzten. „Und dann ging es los! Alle mir nach!!! Männer und Frauen an die Front. Wir brauchen keine Handwerker, wir brauchen Soldaten! Und jetzt drei, vier, ein Lied: Wir werden weiter marschieren…." „Wie schön Du das vermittelst. Dich muss man einfach lieben, Agnes. Wir haben Dich schon damals liebevoll die Nahkampf-Drohne der Nation genannt." „Ach, wie lieb von Euch! Ja, das ist mein Naturell!" „Kommen wir zum Thema," sagte Kirsche, „Du verkaufst mir für zehntausend Euro Deinen Schlüpfer?" „Gelber Schlüpfer, kugelsicher bis zum Knie mit eingebautem Zehn-Patronen-Magazin." „Ach Agnes, wenn Du wüsstest, wie sehr Du uns fehlst!. Die Sender mit dem Bildungsauftrag und dem hohen Niveau, die sich nicht schämen, auch an Karfreitag im Hauptabendprogramm einen Krimi zu senden und bei denen man den Eindruck hat, da würde nur noch Fernsehen für Doofe gemacht, vermissen Dich bestimmt auch sehr. Keiner erzählt uns mehr, wie wichtig die gefährlichen und tödlichen Waffen sind und wie schön es sein kann, an der Front erschossen zu werden....." „Kirsche, hier hast Du meinen schuss-sicheren Schlüpfer. Ich könnte weinen vor Rührung, wie gut Du mich verstehst. Wenn mir das Eiserne Kreuz verliehen wird, werde ich an Dich und den heutigen Tag denken! Hoch leben die Marschflugkörper, hoch lebe der Taurus!!! – Und nun bitte ich noch um eine kleine Spende für die

Kriegsgräberfürsorge, damit sie auch für Eure Männer, Söhne und Töchter einen Platz reservieren." Und dann ritt Agnes ohne Schlüpfer auf einer Kanonenkugel davon.

„Hallo Kirsche. Ich bin's!" „Ja, ich weiß, Du bist Melania, die Frau des Präsidenten und die First Lady. Hat er Dich nun doch geschickt?" „Kirsche, Du musst ihm helfen. Er wird damit nicht fertig, dass Du ihm eine Absage gegeben hast. Mein Mann ist gewöhnt, dass er entscheidet und bestimmt, was gemacht wird und wer was zu tun hat." „Das funktioniert bei mir aber nicht," sagte Kirsche. „Sein Psychiater sagt, mein Mann wird verrückt dabei." „War er das nicht schon immer?" „Das mag ja sein. Aber diese Situation beherrscht er nicht. Er sitzt nachts schweißgebadet im Bett, zwingt mich, den Schlüpfer auszuziehen und nennt ihn die Blaue Mauritius." Kirsche lachte. „Das ist

nicht lustig,“ sagte Melania.
„Disneyland hält er für eine Nation,
die hinter seinem Rücken
Atomwaffen herstellt und der er den
Krieg erklärt hat. Gegen alle Länder
der Welt hat er Zölle von fünfhundert
Prozent festgelegt. Alle Schulen und
Universitäten hat er wegen
angeblicher Staatsfeindlichkeit
geschlossen und die Professoren
und Lehrer eingesperrt.“ „Das ist ja
furchtbar,“ sagte Kirsche. „Das sage
ich doch,“ sagte Melania, „und nur
Du kannst ihm helfen. Er will um das
ganze Land eine Mauer bauen
lassen. Kirsche, mein Mann dreht
durch, wenn Du ihm nicht hilfst. Wer
weiß, was er noch alles anstellt!
Kaufe mir einen Schlüpfer ab und
nenne ihn die Blaue Mauritius unter
den Schlüpfern Deiner Sammlung,
damit er zur Ruhe kommt. Ich habe
noch nie einen Menschen so um
etwas gebeten, wie Dich!“ sagte
Melania. „Du brauchst ja den

Schlüpfer nur zum Schein zu kaufen.
In Wirklichkeit geben wir Dir noch ein
paar Millionen oben drauf. Wir haben
ja Geld genug!" „Es ist keine Frage
des Geldes," sagte Kirsche, „ich
brauche Euer Geld nicht. Obwohl mir
mein Geld selbst gehört und ich es
nicht aus einer Staatskasse
entwende!" „Werden wir mit der
Blauen Mauritius einig?" fragte
Melania. „So einfach geht das nicht,"
sagte Kirsche, „zumindest werde ich
von Deinem Mann einen Preis dafür
verlangen!" „Verlange, was Du
willst!!!" „Ich denke darüber nach und
werde es ihm persönlich sagen.
Richte ihm bitte aus, ich entspreche
seinen Wünschen und bin bereit, mit
ihm zu verhandeln. Das wollte er ja
immer." „Ja, der Kirsche muss mit
mir verhandeln, das hat er immer
gesagt. Im Vertrauen: Er hat sogar
dazu gesagt: Und wenn ich ihn mit
Waffengewalt dazu zwingen muss."
„Das ist typisch für Deinen Mann.

Warum wundert mich das gar nicht!?
Also, schick ihn her. Wir werden
verhandeln." „Danke Kirsche, many
thanks!" Die First Lady war mit ihrem
Besuch zufrieden, auch wenn sie mit
Schlüpfer zurückkehrte. Und Kirsche
war mit seinen Gedanken schon bei
seinem Preis für die Verhandlung mit
dem Präsidenten. Es ging hier nicht
um Millionen Euro oder Dollar, es
ging um die Welt, es ging um die
Menschen…..

„Hallo Mister Kirsche. Melania hat
mir gesagt, dass Du bereit bist zu
verhandeln. Wenn es auch lange
gedauert hat, Hauptsache, Du bist
zur Einsicht gekommen. Also, wir
machen das so: Melania gibt Dir
einen Schlüpfer, den ich schon
mitgebracht habe. Das wird sein die
Blaue Mauritius in Deiner Sammlung.
Und ich gebe Dir dazu von einem
meiner Geheimkonten eine
Überweisung…" „Stopp, Präsident!
Eine Verhandlung mit mir sieht nicht

so aus, dass Du bestimmst, was
gemacht und was vereinbart wird!
Wenn Du das glaubst, dann kannst
Du gleich wieder nach Hause fahren.
Und den Schlüpfer kannst Du mir
auch nicht übergeben. Falls wir uns
überhaupt einig werden, wird
Melania, so wie alle anderen Frauen
auch, den Schlüpfer in meinem
Beisein ausziehen und mir für die
Sammlung überreichen. Wie gesagt,
falls wir überhaupt einig werden!“
„Du hast andere Methoden als ich,“
sagte der Präsident. „Ja, das habe
ich,“ sagte Kirsche, „und meine
Methoden werden Dich noch
überraschen.“ „Aber wir werden
einig?“ „Ich glaube, das hängt von
Dir ab,“ sagte Kirsche. „Mir war noch
nie eine Sache so wichtig wie diese,“
sagte der Präsident. „Das erleichtert
unsere Verhandlung,“ sagte Kirsche,
„ich habe nämlich einen Preis, und
der besteht nicht aus Geld.“ „Nicht
aus Geld? Keine Dollar?“ „Keine

Dollar, keine Euro. Das heißt,
Melania soll wie jede andere Frau,
die mir ihren Schlüpfer verkauft hat,
auch eine Zahlung dafür von mir
bekommen." „Wir schenken Dir doch
die Blaue Mauritius", sagte der
Präsident. „Du hast doch eben selbst
festgestellt, dass ich andere
Methoden habe als Du. Ich kriege
den Schlüpfer und zahle dafür. Und
Du willst, dass der Schlüpfer von
Melania die Blaue Mauritius meiner
Sammlung ist und dafür zahlst Du!"
„Dann können wir das verrechnen,"
sagte der Präsident. „Ich zahle in
Euro, und Du zahlst mit einer
Unterschrift." „Mit einer Unterschrift?"
„Ja, Mister Präsident, Du erklärst
schriftlich, dass Du Dein Amt als
Präsident mit sofortiger Wirkung
niederlegst, dass Du kein politisches
Amt mehr anstrebst und die
Verantwortung einem vom Volk neu
zu wählenden Präsidenten überlässt.
Bis zu den Neuwahlen wird Dein

Vorgänger oder eine von ihm bestimmte Person die Amtsgeschäfte übernehmen." Der Präsident schnappte nach Luft, verfärbte sich und sagte: „Bist Du wahnsinnig? Bist Du verrückt? Hast Du den Verstand verloren?" „Ich glaube eher, dass das Eigenschaften sind, die Dein Psychiater bei Dir festgestellt hat," sagte Kirsche ganz ruhig. Der Präsident rannte im Kreis wie das Rumpelstilzchen ums Feuer. „Ich gebe doch mein Amt nicht ab," sagte er. „Dann wird es nichts mit der Blauen Mauritius. Ich hätte noch einen anderen Interessenten." „Und wer ist das?" „Staatsgeheimnis, Präsident. Staatsgeheimnis!" „Eine First Lady?" „Staatsgeheimnis!" „Also eine First Lady! Ich habe zuerst mit Dir verhandelt." „Das stimmt. Wir müssen nur noch einig werden." „Aber Du kannst doch nicht von mir verlangen, dass ich für einen Schlüpfer in Deiner Sammlung als

Präsident zurücktrete. Das kannst
Du doch nicht von mir verlangen!!!"
„Ich verlange es ja nicht. Ich sagte ja,
ich habe noch einen anderen
Interessenten für die Blaue
Mauritius." „Ist er auch Präsident?"
„Staatsgeheimnis, Präsident!!!"
„Kann ich mir das noch überlegen?"
„Ich gebe Dir noch ein bisschen Zeit.
Schau mal, Du hast doch
ausgesorgt. Du hast es der ganzen
Welt gezeigt, dass Du Präsident sein
kannst. Und was tun die Menschen?
Anstatt es Dir zu danken, kritisieren
sie Dich, sind mit Dir unzufrieden
und werden Dich bestimmt auch
nicht noch einmal wählen. Sieh das
doch mal so. Da wäre doch Dein
freiwilliger Verzicht auf den Posten
ein ausgezeichneter Abgang. Und
Du kannst für alle Zeiten sagen, dass
Deine First Lady die Blaue Mauritius
in der einzigen Schlüpfersammlung
der Welt hat. Das willst Du eventuell
einem anderen überlassen? Und es

ist doch gar nicht auszuschließen, dass Dich das undankbare Volk vorher stürzen würde. Sie gehen doch jetzt schon in Scharen gegen Dich auf die Straße." „Kirsche, my friend, ich denke darüber nach." „Siehst Du, Präsident, so sieht eine vernünftige Verhandlung auf Augenhöhe aus. Komm gut nach Hause. Und wenn Du unterschrieben hast, schick mir noch einmal die Melania." „So long, my friend, so long!"

„Sind der Präsident und seine First Lady schon da?" fragte das Eichhörnchen. „Nein, aber sie müssen jeden Moment eintreffen," sagte Kirsche. „Was für ein historischer Moment!" sagte Peter „Du glaubst wirklich, dass er zurücktritt?" „Ich habe ihm unmissverständlich gesagt, dass er sonst gar nicht zu kommen braucht. Wir wollen nur über Details noch reden. Und dazu gehört aber nicht

sein Amt als Präsident." „Kirsche,
wenn der Mann zurücktritt wegen
eines Schlüpfers, das wäre wirklich
ein historischer Moment." Die beiden
lachten. „Eigentlich wäre das gar
nicht auszudenken," sagte Kirsche,
„aber er ist ja geradezu davon
besessen, dass der Schlüpfer seiner
Melania die Blaue Mauritius in
meiner Sammlung wird. Du hättest
hören sollen, was seine Frau von
ihm und seinem Psychiater erzählt
hat. Er sitzt nachts schweißgebadet
im Bett und verlangt von ihr, dass sie
den Schlüpfer auszieht, den er dann
Blaue Mauritius nennt. Der Mann ist
regelrecht verrückt." Da kamen
Melania und der Präsident um die
Ecke. „Sie sind da!" sagte Kirsche.
„Hallo Kirsche!" „Hallo Kirsche!"
sagten Melania und der Präsident.
„Darf ich den Herrschaften etwas zu
trinken anbieten?" fragte Kirsche.
„Nein, danke," sagte der Präsident,
„bringen wir das Geschäftliche hinter

uns." „Gerne. Wie Du meinst," sagte Kirsche, „ist noch was zu besprechen?" „Oh ja," sagte der Präsident. „Damit wir uns nicht die Zeit stehlen," sagte Kirsche etwas ungeduldig, „Du unterschreibst aber ohne Einschränkung Deinen Rücktritt!?" „Ja, natürlich," sagte der Präsident, „Melania und ich freuen uns auf die gemeinsame freie Zeit. Wir werden reisen, keine Verpflichtungen mehr, keine Anfeindungen, keine Zölle und keine Politik! Du hast mir die Augen geöffnet, Freund. Ich danke Dir dafür." „Sein Psychiater sagte auch…" begann Melania, und der Präsident unterbrach sie: „Schatz, das interessiert hier keinen, was der Psychiater sagt!!!" „Worüber müssen wir also noch reden?" fragte Kirsche erleichtert. „Über Geld," sagte der Präsident. „Du hast angeboten, der Melania den Schlüpfer zu bezahlen und gesagt, Geld würde für Dich

keine Rolle spielen." „So ist es!"
sagte Kirsche. „Mein Geheimdienst
hat herausgefunden, dass Du Dein
Geld in einer alten Truhe
aufbewahrst und dass es immer
zwölf Millionen Euro bleiben, egal,
was Du davon ausgibst." „Auch das
stimmt," sagte Kirsche. „Kompliment
an Deinen Geheimdienst. Aber wenn
sie Zeitung lesen können, hätten sie
es auch gewusst." „Melania gibt Dir
jetzt den Schlüpfer, den sie anhat,
und Du gibst ihr dafür die zwölf
Millionen." „Aber nicht alles," mischte
sich das Eichhörnchen ein, „alles
geht nicht." „Alles!!!" sagte der
Präsident. „Du kriegst den Schlüpfer
und die Blaue Mauritius, Melania die
zwölf Millionen und ich trete zurück."
„Kirsche, das können wir nicht
machen," sagte Peter, „Du weißt,
dass dann alles weg ist." „Er ist ein
harter Verhandler," sagte Kirsche,
„das müssen wir anerkennen und
das ist sein letzter

Verhandlungserfolg." „Einen Euro behalten wir zurück," sagte Peter. „Alles!!!" sagte der Präsident. „Alles!" bestätigte Kirsche. „Melania, zieh den Schlüpfer aus!" sagte der Präsident und überreichte Kirsche ein Exemplar seiner Rücktrittserklärung." „Ein historischer Moment," sagte das Eichhörnchen, „ein verdammt historischer Moment!" Kirsche und der Präsident gaben sich die Hand. „Du hast es mir nicht leicht gemacht," sagte der Präsident. „Du mir auch nicht," sagte Kirsche. „Peter, hole die zwölf Millionen. Ich werde bestimmt irgendwann wieder einen Traum haben. Aber meine Sammlung ist ja jetzt komplett…" „Bye, my friend!" – „Bye, old Präsident!" Da gaben sich zwei Männer die Hand, die unterschiedlicher gar nicht hätten sein können.

Die Weltpresse überschlug sich, Telefone liefen heiß, die Medien kannten nur noch das eine Thema: Präsident zurückgetreten!!!

Die Börsen beruhigten sich, der Welthandel lief wieder reibungslos, Kirsche bekam das Bundesverdienstkreuz und viele internationale Preise und Auszeichnungen. Und wir alle können wieder ein bisschen besser schlafen.